Löwentränen

für Kristoff

Anke Kühne

Löwentränen

Erzählung

Bibliografische Information der Deutschen Nationalbibliothek:
Die Deutsche Nationalbibliothek verzeichnet diese Publikation
in der Deutschen Nationalbibliografie; detaillierte bibliografische
Daten sind im Internet über dnb.dnb.de abrufbar.

Coverdesign, Buchsatz, Herstellung und Verlag:
BoD – Books on Demand, Norderstedt

ISBN: 978-3-7583-4806-8

Inhalt

Im Land der Löwinnen

»Akwaaba!«
»Wose? Ka yo bio?«
»Ɛnyɛ hwee!«

Große, fast schwarze Augen schauen mich an. Freundlich, beinahe sanft ruhen sie auf mir. Der Mund formt ein geduldiges Lächeln. Die Haare hat sie eng am Kopf zu Rastazöpfen geflochten. Sie ist groß, genauso groß wie ich und trägt ein farbenfrohes Kleid, das hinunter bis zu ihren Füßen reicht, die in Flipflops stecken. Auf dem Kopf balanciert sie einen Topf mit Wasser. Um die Brust hat sie ein Tuch gewickelt. Daraus lugen an ihrer Taille winzige rosafarbene Füßchen hervor. Mein Herz kribbelt vor Glück. Sie bemerkt es vor mir. Mit den Händen greift sie hinter ihren Rücken und zaubert ein Baby hervor. Seine Augen schauen mich ebenso sanft an wie die seiner Mutter.

Die Frau fragt, ob sie mich berühren dürfe, sie hätte noch nie tätowierte Haut angefasst. Ich nicke. Sie streichelt über meinen Unterarm. Ich habe es nicht für möglich gehalten, dass die

Berührung einer Fremden so angenehm sein kann. Sie fragt: »Wie heißt du?« Ich antworte: »Akofa!« Sie sagt: »Oh, das ist ein afrikanischer Name! Er bedeutet: die mit dem frohen Herzen. Deine Mutter muss voller Hoffnung und mit positivem Denken erfüllt gewesen sein, als sie mit dir schwanger war.«

Sie nimmt meine Hand in ihre und fährt mit dem Finger meine Lebenslinie entlang, während sie meine Hand dichter zu sich heranzieht. Die Frau erzählt weiter: »Deine Mutter war voller Freude und Optimismus, als sie erfuhr, dass sie dich bekommt. Sie hoffte auf eine glückliche Zukunft für dich ... Aber ich sehe große Trauer, Verlorenheit und Schmerz in dir.« Sie zieht eine Augenbraue hoch und schaut mir fragend ins Gesicht. Tränen schießen mir in die Augen. Meine Knie werden weich, mein Magen krampft und in meinem Hals bildet sich ein riesiger Trauerkloß. »Hören Sie sofort auf!«, presse ich verzweifelt hervor. Sie streichelt liebevoll meine Hand und ich beruhige mich.

Ob ihr Baby mich auch anfassen dürfe? Ich nicke wieder. Sie nimmt das winzige Händchen, spricht leise ein paar Worte, singt sie eigentlich eher, und führt die Fingerchen auf meinen Arm. Das Baby quietscht vergnügt. Ein warmes Lachen fließt aus mir heraus. Bin das wirklich ich? Immer mehr Mütter umringen uns, auf dem Rücken ihre Babys tragend, auf dem Kopf Körbe mit Brot oder Wannen mit Wäsche oder Töpfe mit Fufu. Die Fremde hält mir ihr Baby hin, damit ich es auf den Arm nehmen kann. Ich denke mir: *Akofa, es fängt bestimmt gleich an zu weinen! Sobald es von seiner Mutter getrennt ist, glaub mir* ... So kenne ich es aus Schweden. Aber das Baby schaut mich nur neugierig an. Ein Gefühl der Liebe durchströmt mich. Die Mutter lacht und fragt: »Akofa, kann ich auch deine Haare anfassen?« Ich wundere mich kurz, dann fällt mir ein, dass ich sie glätte: »Natürlich!« So weich findet sie die. Sie nimmt die Hand ihres Babys, ich senke den Kopf. Das Baby zieht an meinen Haaren und gluckst vergnügt.

Akwaaba: fühle ich auf meiner Haut. *Akwaaba*: höre ich in jedem Lachen. *Akwaaba*: rieche ich im Duft der orangefarbenen Erde. *Akwaaba*: schmecke ich im Fufu. *Akwaaba*: sehe ich in den Gesichtern. Ich freue mich, dass ich diese Reise wage. Zum ersten Mal in meinem Leben fühle ich mich von ganzem Herzen *willkommen!*

Als mein jüngerer Bruder Amari und ich noch ganz klein waren, wanderten unsere Eltern bereits mit uns. Wir liefen im *Fjäll*, dem schwedischen Gebirge, das oberhalb der Nadelwälder lag. Bunte Moose und Flechten bewuchsen die weitläufigen Hochplateaus. In den Senken plätscherten kristallklare Flüsse und Bäche. Einfache Bretter überspannten sie als Brücke. Über uns ein knallblauer Himmel.

Ich war ein Jahr älter als Amari und lief bereits selbst. Er saß gemütlich in der Trage und schaute sich die Welt von Papas Rücken aus an. Wir wanderten in Tagesausflügen zum Schafstall eines Bauern oder einen kurzen Weg auf einen kleinen Berg.

Löwenmutter

Im Winter liefen meine Eltern Ski mit uns. Ich stand schnell auf eigenen Brettern. Amari saß lieber im Pulk. Das war eine knallrote Plastikwanne ohne Kufen. Daran war ein Gestell befestigt, das Papa sich mit einem Gurt um den Bauch schnallte. So zog er Amari durch die Winterlandschaft. Ich sah ihm an, wie behaglich er sich fühlte. Er kuschelte sich tief in ein Lammfell hinein. Mama packte ans Fußende eine heiße Wärmflasche. Eine Schutzscheibe hielt den eisigen Wind ab.

Eines Tages waren wir wieder unterwegs zu einem Schafstall. Direkt nach dem Frühstück, als es zu dämmern begann, brachen wir auf. Die Tage waren kurz. Das Licht blieb nur wenige Stunden, ein seltener Gast. Wir brauchten ewig, doch endlich kamen wir an. Es war bereits mittags und wir wollten picknicken. Amari kletterte aus dem Pulk.

Plötzlich rief Mama: »Oh nein, ich habe meinen Rucksack mit dem Proviant vergessen.« Ich fing an zu weinen. Amari grummelte vor sich hin. Papa sagte: »Ich laufe zurück und hole ihn.« Ich schluchzte: »Bis dahin sind wir längst verhungert!« Mein Gesicht vergrub ich in Mamas dicker Jacke. »Amari, Akofa, na kommt, es gibt doch noch *Benzin*. Das können wir schon mal essen, während wir warten«, versuchte Mama uns zu trösten. *Benzin* waren für Amari und mich

Schokolade, Kekse oder Bonbons. Wenn uns die Kraft verließ, bettelten wir Mama und Papa an, uns *Benzin* zu geben. Wir wussten: Mama und Papa füllten vor jeder Wanderung oder Skitour ihre Jackentaschen mit Süßigkeiten. Nach dem *Tanken* liefen wir weiter.

Diese Notreserve verzehrten wir jetzt, während wir auf Papa warteten. Wir saßen keine Stunde gemütlich ins Stroh gekuschelt, als Papa zurückkam. Amari und ich schauten ihn verblüfft an: »Warum bist du wieder umgedreht? Wir brauchen doch unser Picknick!« Er lachte, als er antwortete: »Ja, das habe ich dabei!« Er war in der kurzen Zeit das Stück hin- und zurückgelaufen, für das wir einen halben Tag gebraucht hatten. Papa war für Amari und mich ein Superheld!

Mama und Papa erhellten die Häuser, *Stugas* auf Schwedisch genannt, mit Petroleumlampen. Sie heizten mit Holz. Und auch wenn die Vorräte bei unserer Ankunft immer üppig waren, musste Papa die Scheite klein hacken. Beim Spalten in Anzündhölzer rann ihm trotz der Eiseskälte der Schweiß die Schläfen entlang. Wasser pumpten oder schöpften unsere Eltern aus dem Brunnen. Dafür zerschlugen sie zuvor das Eis. War es ein langer Winter, trockneten die Zisternen aus. Dann schmolz Mama Schnee auf dem Herd. Die meisten *Stugas* lagen fernab der Straßen. Papa parkte unser Auto am Fuß eines

Berges und schleppte unser Gepäck im Rucksack auf Skiern den Hang hinauf. Ohne Skier wäre er im Tiefschnee schnell bis zur Hüfte versunken. Wege oder Spuren gab es keine.

Papa war von der alten Sorte. Er fuhr Ski mit *Rattenfallen*. Diesen Begriff fanden Amari und ich natürlich zu komisch und wir lachten uns jedes Mal schlapp, wenn Papa ihn benutzte. Den Schuh stellte er in eine Metallschlaufe, die zusprang wie bei einer Falle gegen die lästigen kleinen namensgebenden Viecher. Dazu trug er Knickerbocker. Und Gamaschen. Obwohl er schmächtig war, sah er so sehr stattlich aus.

Einmal mieteten Mama und Papa eine *Stuga*, deren Eingang sich hinter einer Kurve mit einer Gruppe Tannen befand. Nicht einsehbar war ein kleiner Hügel, der rückseitig lag. Papa fuhr schnell und mit Schwung um die Kurve, machte einen Hüpfer in die Luft und landete auf dem Po. Amari und ich konnten uns nicht halten. Wir kugelten uns vor Lachen im Schnee, Tränen liefen uns übers Gesicht und wir japsten nach Luft. Jedes Mal, wenn wir zurückkamen, legten wir uns nun auf die Lauer, um Papa zu beobachten. Und jedes Mal flog er wieder bei dem kleinen Hügel aus der Kurve und auf seinen Hintern.

Heute bin ich mir sicher, dass mein Vater sich damals absichtlich fallen ließ, um Amari und mich zum Lachen zu bringen. Erst viel später begreife ich, dass meine Eltern mit diesen kleinen Touren den Grundstein für Amari und mich legten, furchtlos sowie bei jedem Wetter durch die Wälder zu streifen. Und erst als Erwachsene verstehe ich, wie viel Geduld meine Eltern für Amari und mich aufbrachten. Wie sehr sie sich selbst zurücknahmen, um diese kurzen Märsche mit meinem Bruder und mir zu unternehmen. Sie müssen manches Mal mit ihren Nerven am Ende gewesen sein. Die lange Anreise, die Kälte, denn Minus 20 Grad Celsius sind im Winter in Lappland nicht selten, die Kargheit der gemieteten Hütten ohne Strom, ohne Heizung, ohne fließendes Wasser ...

Amari und ich versuchen, es unseren Eltern nachzumachen und dieses Geschenk des unerschrockenen Waldläufers beizubehalten. Dabei fühle ich mich häufig so abgekämpft, dass ich auf gar nichts Lust habe, erst recht nicht auf solche anstrengenden Touren wie die durch skandinavische Wälder und schon gar nicht bei Schnee und Eiseskälte.

Ich wünsche mir manchmal, ich könnte aus allem aussteigen ...

»Gyae, gyae, gyae!« Auf dem Markt gibt es alles zu kaufen. Ich meine nicht alles, was man braucht, sondern wirklich *alles*. Neben Gemüse, wie Maniok und Yam, oder Obst, wie

Ananas, Kochbananen und Kokosnüsse, auch Kühlschränke, Hühner, Kühe, Ziegen, Autos, Medikamente, Gewürze, Holz, Wellblech, Körbe, Wannen, Töpfe, Schuhe, Kleidung, Taschen, Fernseher, Handys, Kunsthaar, Plastikfingernägel, Werkzeug …

Händler preisen rufend ihre Ware an, Frauen singen und tanzen dazu. Einige Männer stampfen mit den Füßen und legen den Kopf in den Nacken, ihren Kehlen entrinnen fremdartige Vogelrufe. Es riecht stark nach Essen, Gewürzen und Schweiß. Mittagshitze breitet sich aus und die Sonne sticht. Mein Kreislauf schwächelt und mir ist schwindelig. Ich sage mir selbst: *Akofa, du brauchst sofort eine Cola!*

Es gibt überall Kühlschränke mit *Coke*-Flaschen. Sie sind an laufende Pickups angeschlossen oder an kleine Generatoren. Die Cola ist teuer, außer reichen Ausländern scheint sie sich keiner leisten zu können. Also wozu? Andrew, der Busfahrer, mit dem ich zum Markt gefahren bin, sagt: »Wir sind stolz darauf, *Coke* präsentieren zu können! *Coke* gehört zu dem Leben, von dem wir hier alle träumen. Schweden, da wo du herkommst, das ist doch das Paradies! Ihr habt alles, euch mangelt es an nichts, ihr könnt euch so viele *Coke*-Flaschen leisten, wie ihr wollt. Kannst du mich nicht nach Schweden mitnehmen, Akofa?« Andrew lacht mich an, Schweißperlen tropfen von seiner Stirn. Er wischt sie mit dem Ärmel seines schmutzigen blauen Overalls weg. Seine Hände sind ölverschmiert. Er werkelt an einem Bus. Er will mir ein bisschen was auf dem Markt zeigen und ein Ersatzteil besorgen. Er ist nicht aufdringlich, trotzdem berührt er mich unangenehm. Ich sage daher: »Die Afrikaner, die ich in Schweden kenne, leiden häufig darunter, dass die Schweden sie nie anlachen, immer griesgrämig sind und am liebsten für sich bleiben.« Andrew schaut mich kopfschüttelnd an. Ich versuche einen Witz und füge lachend hinzu: »Außerdem ist das Wetter so unglaublich schlecht und die Hälfte des Jahres lässt sich die Sonne kaum blicken.« Andrew sagt: »Es ist das Paradies, Akofa! Was willst du mehr?«

Ich lasse mir an einem Marktstand Rastazöpfe flechten. Das zieht entsetzlich und dauert Stunden. Jede der beiden Frauen, die meine Haare bearbeiten, trägt im Tuch auf dem Rücken ein Baby. Die Kleinen geben die ganze Zeit nicht einen Mucks von sich. Die eine Frau sitzt, kämmt das Kunsthaar und teilt es in dünne Strähnen. Die andere steht und flicht sie in meine Haare. Mücken schwirren um mich herum, ich versuche sie zu verscheuchen und mich zu beruhigen: *Akofa, alles gut, du hast dich gründlich mit Insektiziden eingesprüht und nimmst Malariaprophylaxe!* Dennoch reagiere ich panisch, wenn mich eine sticht. Es gibt unzählige Krankheiten, die sie übertragen können. Besonders hier bei dem tropisch feuchten Klima mit den zahllosen Pfützen, die sich auf den gelben Lehmpisten sammeln. Dazu kommt, dass sich die Menschen auf dem Markt dicht aneinander drängen. Ich bereue meinen Entschluss mit den Rastazöpfen.

Ein Mann schubst mich zur Seite, als er vorbeirennt. Eine Horde Menschen läuft hinter ihm her. Sie schreien laut schimpfend und recken die Fäuste gen Himmel. »Warum sind sie so aufgebracht?«, frage ich. »Jemand hat an einem Stand Kochbananen geklaut«, antwortet die schlanke Frau in dem engansitzenden Kleid mit ruhiger, gutmütiger Stimme. Dabei zieht sie an meinen Haaren, um sie in den nächsten Rastazopf einzuflechten. »Und alle rennen hinter dem Mann her?«, wundere ich mich. »Ja! Es gibt viele hungrige Mäuler. Würde man sie alle gewähren lassen, ermuntert das immer weitere. Die Standbesitzer haben zu Hause selbst eine darbende Familie, die sie ernähren müssen, Akofa«, erklärt die andere Frau gelassen, während sie weiter das Kunsthaar kämmt.

Am nächsten Tag lese ich eine Randnotiz in einer englischsprachigen Zeitung:

Lynchmord auf Markt in Accra
Rund hundert aufgebrachte Männer und Frauen prügelten gestern einen Mann in Accra auf dem Makola Markt zu Tode, nachdem er Kochbananen gestohlen hatte. Er hinterlässt seine Frau und sieben Kinder. Die Regierung verurteilt Selbstjustiz. Die Polizei geht strikt dagegen vor.

Unglaubliches Grauen lässt mir eine Gänsehaut über den Rücken laufen ...

Als ich Kind war, erzählte meine Großmutter die tollsten Geschichten. Ich trage sie immer noch alle wie einen Schatz in mir. Mittags hielt sie ein Schläfchen und weil sie herzkrank war, lag sie dabei auf einem Kissenturm. Eigentlich saß sie mehr im Bett. Ich ging noch nicht zur Schule und sie nahm mich zu sich. Natürlich wollte ich nicht schlafen, welches Kind will das schon?

Obwohl Amari jünger war als ich, lag er nie bei Oma. Er sagte: »Seid ihr ruhig faul, ich bin lieber fleißig und helfe Lore!« Das war Omas jüngere Schwester. Sie saugte Staub, wusch Wäsche, kaufte ein, goss die Blumen und buk, während Oma und ich ruhten. Dafür legte meine Großmutter mich auf ihren Kissenturm zwischen Bettumbau und sich. Diesen Schrank krönten Fotos, auf ihm lagen Häkeldeckchen, befanden sich immer ein frisches Wasserglas und eine Flasche Sprudel, lagen glänzende Dosen mit Pillen und Halsbonbons, versteckten sich Brillenetuis mit verschiedenen Gläsern zum In-die-Ferne-Schauen oder zum Lesen. Ich hätte stundenlang nur so gucken können.

Doch schon bald nahm mich eine Geschichte meiner Großmutter gefangen. Sie begann jedes Mal ganz harmlos. Mit einer kleinen Alltagsbegebenheit, etwa: »Wo ist denn bloß mein Tuch geblieben, das ich mir fürs Nickerchen immer um die Schultern lege?« Natürlich erwartete sie keine Antwort und ich schaute sie bloß neugierig mit großen Augen an. Ich fragte mich: *Was kommt wohl diesmal?* »Weißt du, deine Mutter färbte es selbst, es war einmal dein Windeltuch. In Weiß machte es jedoch nichts her. Aber meine Tochter ist sehr kreativ, studierte Textildesign und so ging sie mit einem Korb im Arm in den Wald hinaus und kam mit allerhand Blüten, Zwiebeln, Früchten, Wurzeln und Blättern zurück. Mit den Naturmaterialien färbte sie Tücher in Ockergelb, Braunrot oder Hellgrün. Echte Schönheiten waren das! Sie passten alle wunderbar zusammen und ergaben ein harmonisches Ganzes. Deine Mama packte die Tücher in ein Fixierbad, so dass sie auch die Waschmaschine überlebten.«

Die Tür öffnete sich und Mama fragte Oma: »Was erzählst du denn schon wieder für Ge-

19

schichten? Die Hälfte davon ist doch frei erfunden! Bitte verschone das arme Kind damit!« Ich spürte, wie ich ärgerlich wurde und Angst hatte, dass Oma den Faden verlor. Also sagte ich: »Mama, du störst! Geh raus!« Oma lachte und erzählte ihre Geschichte weiter.

Ich sah das Ganze immer wie einen Film vor meinem inneren Auge ablaufen. Meine Großmutter erzählte lebendig, spannend und weise. Omas Geschichten enthielten immer einen Kern, der mich nachdenklich stimmte, ein neues Licht auf etwas Altbekanntes warf oder Dinge in Worte fasste, die mir zuvor als unaussprechlich galten. Ich schlief nie in diesen ein bis anderthalb Stunden, aber ich liebte es, mit Oma ein *Nickerchen* zu machen. Selbst als ich schon zur Schule ging, legte ich mich mittags zu ihr. Ich war bereits ein Teenager, als wir es aufgaben. Oma erzählte mir fortan meist abends, in dem Ohrensessel ihrer verstorbenen Mutter sitzend, ihre Geschichten. Oft hatte sie ihre Lesebrille auf, während sie strickte oder nähte. Plötzlich schaute sie hoch und blickte mich aus Augen an, die denen einer Eule glichen. Sie waren durch die Brille stark vergrößert, wenn sie sagte: »Weißt du ...«

Ich las, hörte oder sah nie wieder so schöne Geschichten: in ihrer sprachlichen Klarheit und Einfachheit sowie Klugheit. Doch so etwas hörte meine Großmutter nicht gern. Sie sagte: »Mein liebes Kind, ich bin nur eine einfache Frau.« Ich glaube, sie hatte nur nie die Möglichkeit, ihre Geschichten aufzuschreiben. Es schickte sich damals einfach nicht. Nach dem Krieg kämpfte sie dann nur noch ums Überleben und darum, für sich sowie meine Mutter den Unterhalt zu verdienen.

**** ANGST
ANGST, MICH ZU VERLIEREN;
ANGST, AN EINER BIPOLAREN STÖRUNG ZU LEIDEN;
ANGST, MICH IN SCHMERZ, TRAUER UND DUNKELHEIT ZU VERIRREN;
ANGST VOR SCHREIBBLOCKADEN, BEDEUTUNGSLOSIGKEIT UND LEERE;
ANGST ZU VERSAGEN, VERLETZT ZU WERDEN, AUSGELACHT UND GEDEMÜTIGT;
ANGST VOR DER ANGST.

Ich fahre mit dem Bus von Accra nach Norden. Ich will mir eine Goldmine in Obuasi ansehen. Es dauert einen ganzen Tag lang von Ghanas Hauptstadt aus, obwohl sie nicht mal 300 Kilometer entfernt liegt. Der Bus schaukelt hin und her. Dabei wirbelt er auf den gelben sandigen Schotterpisten jede Menge Staub auf. Der Fahrer tanzt mit dem Bus wie eine Schlange zwischen

21

tiefen Löchern und einem nicht enden wollenden Strom des Gegenverkehrs. Er kann das gut, keine Frage, und geht's zügig, fährt er 40 Stundenkilometer. Phasenweise kommt er jedoch einfach nur im Schritttempo voran. Ich wundere mich: *Es gibt selbst im Großraum der Hauptstadt keine besseren Straßen? Akofa, wie erreichen die Menschen bloß ihr Land an der Grenze im Norden, rund 1000 Kilometer von Accra entfernt?* Müll säumt die Piste: alte Blechwannen, Autos, Kühlschränke. Dazwischen Hunde, Wellblechhütten und spielende Kinder. Im Hintergrund Regenwald.

Als ich an der Goldmine ankomme, liegt vor mir ein riesiger orange-gelber Krater. Der Tageabbau ist günstiger als der Bergbau, aber er fügt dem Land schwere Wunden zu. Er zerstört den Wald, verschmutzt das Wasser, zersprengt Steine, lärmt Tag und Nacht, vergiftet mit Chemikalien, lässt Fische sterben. Der Tageabbau verbietet, Wege zu betreten, Grundstücke zu bebauen und vormalige Felder zu bestellen. Bauern verlieren ihr Land und damit ihre Lebensgrundlage. Sie haben keine Ausbildung und bekommen keine Jobs in den Goldminen.

Etwa hundertfünfzigtausend Familien arbeiten in Ghanas Minen. Unzählige barfuß und ohne Schutzkleidung, einige sogar hochschwanger. Doch die Minen bilden den stärksten Arbeitgeber des Landes, Gold ist Ghanas wichtigstes Exportgut und das Feld von Obuasi das neuntgrößte der Welt, wer schaut da schon groß auf die Umwelt oder den Arbeitsschutz? Immerhin gilt Ghana als politisch stabil, wirtschaftlich stark und in den sozialen Bereichen fortschrittlich – im Vergleich zu anderen afrikanischen Ländern.

Als Teenager langweilten mich die Tagestouren mit meinen Eltern. Amari und ich wollten lieber Städte besichtigen, wie Paris, London, Rom und New York. Mama und Papa fanden Kompromisse: eine Woche Hüttenurlaub mit Wandern, eine Woche Städtereise. Die ersehnten Städte besichtigten wir auf diese Weise alle.

Trotzdem war uns irgendwann selbst eine Woche, nur Tagestouren zu wandern, einfach zu öde. Er quengelte: »Bitte Papa, lass uns doch mal eine *richtige* Wanderung machen!« Er lachte und fragte: »Was ist denn eine richtige Wanderung für dich?«

»Na ja, so mit Wanderrucksack für mehrere Tage und eine weite Strecke«, antwortete Amari. »Einverstanden!«, sagte Papa und wir brachen im Sommer zu einer mehrtägigen Wandertour von Hütte zu Hütte auf. Amari und ich fanden es toll. Manche der Hütten waren nicht bewirtet, neben unserem Gepäck trugen wir daher auch unseren gesamten Proviant im Wanderrucksack.

Wir fühlten uns wie echte Abenteurer. Selbst Schlafsäle mit rund zehn schnarchenden und stinkenden Wanderern trübten unsere Freude nicht.

Mama stieg aus ...

Zurück in Accra besichtige ich einen Slum. Es gibt keine Straßen, nur Sandpisten, das ist nichts Neues. Ich stehe auf einem staubigen Weg. Vor mir, hinter mir, rechts und links neben mir: ein endloses Meer aus Wellblechdächern. Es ist heiß, erdrückend heiß. In Rinnsalen läuft seifiges Wasser den Weg entlang, es stinkt dennoch nach Fäkalien. Eine Kanalisation gibt es nicht. Ebenso wenig wie Strom und fließendes Wasser.

Mein Blick gleitet über das Hüttenmeer, als ich bemerke, dass mich eine junge Frau in meinem Alter dabei beobachtet. Sie lacht mich an und stellt sich als Maria vor. Sie bietet mir an, mich in ihrem Zuhause umzusehen. Die Tür ist niedrig, ich muss mich bücken, um hineingehen zu können. Ein paar zusammengenagelte Bretter dienen als Wände. Ich vermute, die Hütte steht nur, weil sie zu den Seiten sowie mit der Rückwand ans Nachbarhaus lehnt. Die Hütte ist etwa vier mal drei Meter groß. Ich kann nichts erkennen, weil es so dunkel ist. Ich frage Maria: »Warum gibt es keine Fenster?« Sie lacht, als sie antwortet: »Na ja, so richtig viel Platz für ein Fenster ist ja nicht. Außerdem wäre das Haus noch instabiler und so kann die Sonne nicht hineinscheinen.« Die Tür bildet eine Öffnung mit einem Vorhang, im Inneren finden sich keine Möbel, lediglich Schlafmatten, die zusammengerollt auf dem Boden liegen.

»Wer schläft hier alles?«, frage ich. Maria sagt: »Unsere ganze Familie: mein Mann, ich, unsere Kinder, die Eltern meines Mannes, insgesamt sind wir zu elft.« Meine Augen gewöhnen sich langsam an die Dunkelheit und ich kann mir beim besten Willen nicht vorstellen, wie hier elf Menschen reinpassen, schon gar nicht liegend … Ich gehe wieder raus und sehe vor dem Haus einen aus Steinen gebauten Ofen. »Und hier kocht ihr alles für die ganze Familie?«, staune ich. Ein riesiger Topf steht auf dem Herd. »Genau«, sagt Maria. »Vor allen Dingen Fufu.«

»Du machst den Brei bestimmt klassisch aus Maniok und Kochbananen, oder?«, frage ich sie. Sie nickt. »Und womit befeuerst du den Herd?«, will ich wissen. Maria zieht verlegen die Schultern hoch, als sie antwortet: »Mit allem, was wir haben, also Holz, Pappe und Abfall.«

Zum Essen, setzt sich die Familie auf den Boden rings um den Topf herum. Alle essen mit der Hand. Jeder nimmt sich aus dem großen Topf etwas Brei und formt ihn zur Kugel, bevor er ihn sich in den Mund steckt. Unzählige Kinder toben spielend mit ebenso vielen Hunden auf der Straße. Sie sind alle fröhlich und ich bekomme nicht mit, dass sie je streiten, meckern oder weinen. Immerhin bin ich schon ein paar Stunden hier.

Es ist mir total unangenehm, als ich mal muss. Die Kinder machen einfach auf die Straße. »Kein Problem, Akofa, es gibt eine Toilette am Ende der Straße«, sagt Maria lächelnd. Sie nimmt einen großen Wasserkanister auf den Kopf und wir gehen ungefähr zehn Minuten. Dann erreichen wir einen kleinen Holzverschlag, den eine schwarze Fliegenwolke einhüllt. Maria öffnet stolz die Tür, es gibt eine richtige Toilette mit Klobrille und Deckel. Sie ist blitzsauber geputzt und ich entdecke sogar Toilettenpapier. Maria öffnet den Deckel des Spülkastens und gießt ihn bis oben hin mit Wasser voll, dann stellt sie den Kanister auf das Waschbecken. Dort liegt ein Stück duftende Seife und ein frisches Handtuch hängt an einem Haken. Maria verbeugt sich leicht vor mir, dann schließt sie die Tür von außen.

Dieser Ort ist eine Wohltat. Als ich fertig bin, spüle ich. Wieder draußen sehe ich, dass das Wasser aus Klosett und Waschbecken auf die Straße läuft. Ich schimpfe mit mir: *Oh nein, wie peinlich, Akofa!* Ich spüre, wie mein Gesicht noch heißer wird.

Auf dem Weg zurück fällt mir auf, dass alle Kinder weiße gebügelte Blusen, Hemden, Röcke, Hosen und Kleider tragen. »Warum?«, frage ich. »Weil heute Sonntag ist und wir in der Kirche waren, Akofa«, antwortet Maria. Ich frage sie, wie sie es schafft, die Wäsche der Kinder weiß zu waschen und zu bügeln. »Das ist eine Frage der inneren Haltung, auch wenn wir arm sind, können wir Gott die Ehre erweisen«, sagt sie und lächelt. Aber wie bügelt sie die Wäsche ohne Strom? Sie legt lachend den Kopf in den Nacken. Ob ich nicht die Generatoren bemerkt habe? Alle paar Straßen? Manchmal seien es auch Pickups. »An die sind normalerweise Fernseher angeschlossen, immer umringt von einer großen Menschentraube«, erklärt Maria. »Einmal in der Woche kommen die Frauen mit ihren Wäschekörben und ziehen die Stecker der Fernseher. Es gibt ein großes Gemecker, aber wir setzen uns durch, um unsere Wäsche zu bügeln, Akofa«, sagt sie.

Ich frage: »Wie lang ist der Weg zur Kirche?« Mir fiel auf dem Weg hierher nicht ein einziges Haus Gottes auf. »Etwa eine Stunde hin und anderthalb zurück, weil wir dann bergauf laufen und es schon sehr heiß ist«, sagt Maria. »Kann ich nächsten Sonntag mitkommen?«, frage ich. »Ja, sicher, Akofa!«, antwortet sie und klatsch begeistert in die Hände.

Ich las gerne als Teenager. Falsch! Ich inhalierte Bücher. Mit zehn Jahren las ich zum ersten Mal eine ganze Nacht ein ganzes Buch durch: *Trixi Belden*. Ein Mädchen, das gerne Detektiv spielte und mit ihren Freunden von einem Abenteuer ins nächste schlidderte. Es wurde draußen hell und ich hörte Amari aufwachen. Mama kam ins Zimmer und ich sagte stolz:»Ich habe die ganze Nacht nicht geschlafen! Cool, oder?« Mama erwiderte:»Akofa, das glaube ich nicht!« Sie lachte. Erst als ich ihr den kompletten Inhalt des Buches wiedergab, war sie überzeugt.

Wir schrieben ab der fünften Klasse Aufsätze in der Schule. Ich war ein verträumtes, introvertiertes Kind mit viel Phantasie. Eine gute Schülerin, aber entsetzlich schüchtern. In schöner Schrift liebte ich es, Geschichten zu verfassen. Wenn ich allerdings daran dachte, dass meine Lehrerin mich bewerten und anschließend sagen würde:»Akofa, lies der Klasse doch bitte deinen Aufsatz vor«, verdarb mir das schon während des Schreibens meine Freude. Wenn ich nur daran dachte, löste dies schweißnasse Hände, Kopfschmerzen und starkes Unwohlsein aus.

»Was hast du heute für Hausaufgaben auf, Akofa?«, fragte meine Mutter, während sie in der Küche hantierte. »Deutsch, wir müssen einen Aufsatz aus der Perspektive eines Tieres schreiben«, antwortete ich gequält. »Oh fein, das klingt doch super! Ich helfe dir«, sagte sie vergnügt. Ich holte meine Schulsachen und legte sie auf den Esstisch. Meine Mutter setzte sich und las die Aufgabe durch. »Toll, Akofa, ich liebe solche Aufsätze!«, sagte sie während sie einen Zettel aus der Schublade hinter sich zog. Dann griff sie nach einem Stift und legte los. Eine halbe Stunde lang sprach sie kein Wort. Dann legte sie den Stift zur Seite, rieb sich zufrieden die Hände und sagte voller Stolz: »Es ist eine Geschichte aus der Perspektive einer Katze. Du brauchst sie nur noch in dein Heft abzuschreiben, Akofa.«

Eine Autorin veranstaltete an unserer Schule einen Kurs zum *Kreativen Schreiben*. Meine Klassenlehrerin schlug mich dafür vor. Es war aufregend, von einer echten Schriftstellerin zu erfahren, wie Geschichten entstanden, wie sie sie zu Papier brachte. Ja, genau! Sie verfasste sie analog und illustrierte sie auch. Etwa vier DIN A4-Notizbücher umfassten ihre Vorarbeiten. Dann schrieb sie das Manuskript in weitere sechs Notizbücher, bevor sie ihre Arbeit in den Computer übertrug. Ehe sie ihr Geschriebenes einer ersten Person ihres Vertrauens zum Lesen gab, überarbeitete sie die Geschichte rund fünf Mal. Aufs Deutlichste zeigte sich mir, dass Schreiben harte Arbeit und ein langer Prozess war. Ich nahm bis dahin an, kreatives Schreiben sei ein künstlerischer Prozess, bei dem sich während eines Flows geniale Ideen aufs Papier ergossen. Die besten Inspirationen erhielt die Autorin im Austausch mit anderen Schriftstellern. Am Ende des Kurses lasen wir Schüler uns gegenseitig unsere Geschichten vor. Für mich ein Albtraum.

In der zehnten Klasse bekamen wir eine neue Deutschlehrerin. Sie fragte: »Was für Bücher lest ihr gerade? Akofa, bitte kläre mich auf!« Ich träumte mich gerade aus dem Fenster und wunderte mich, dass die ganze Klasse plötzlich so still war. Und dann brauchte ich noch eine weitere Weile, bis ich realisierte, dass meine Lehrerin direkt vor mir stand und auf eine Antwort wartete. Ich stammelte: »Ähhhhh, wie war noch mal die Frage?« Die Klasse kicherte, meine Lehrerin zog eine Augenbraue hoch: »Welche Bücher liest du gerade, Akofa, oder welche hast du zuletzt gelesen?« Puh, ich atmete aus und merkte erst jetzt, dass ich die Luft angehalten hatte. Darauf konnte ich wenigstens antworten: »Hermann Hesses *Steppenwolf*, Ingeborg Bachmanns *Erzählungen* und Max Frischs *Montauk*.« – »Hä, Alter, was sind das denn für Schriftsteller?«, hörte ich einen Mitschüler prusten. »Digga, ich kenne nicht mal die Namen!«, brüllte ein Mädchen. »Ruhe!«, befahl meine Deutschlehrerin. »Akofa, das sind Klassiker, hast du irgendeinen persönlichen Bezug dazu?«, fragte sie aufmunternd lächelnd. Ich zuckte mit den Schultern. »Mein

Vater flüchtete als kleiner Junge während des Krieges aus Schlesien. Ich vermute: Deshalb stehen besonders viele deutschsprachige Autoren in seiner Bibliothek«, flüsterte ich. Sie nickte anerkennend. »Was für'n Warmduscher-Gedöns«, hörte ich eine Stimme hinter mir. Ich erkannte mal wieder, dass ich eine krasse Außenseiterin war. Ich fand es erneut verrückt, dass ich es weniger wegen meiner dunklen Hautfarbe war als wegen meiner Intellektualität. Schlau zu sein, galt an unserer Schule als verhaltensauffällig. Ich wurde als zu schüchtern, überempfindlich und schwierig abgestempelt. Und das mitten in Stockholm! Obwohl die Erzieherinnen und Erzieher in Schweden bereits in der Kita peinlichst darauf achteten, alle Kinder zu integrieren, unabhängig von ihrer Hautfarbe, Religion, dem sozialen Status oder der geschlechtlichen Orientierung. Für den Bereich Transgender sagten sie zum Beispiel nie *der Junge* oder *das Mädchen*, sondern immer nur *das Kind*. Rosa und blau waren verbotene Farben, stattdessen gab es grün und orange für alle Kinder.

Ich gewann den Schreibwettbewerb meiner Klasse. Dann den in meiner Stufe, zum Schluss den an unserer Schule. Ich weiß nicht, wie ich es schaffte, vorzulesen. Ich erinnere mich an diese Momente nur noch vage. Ich erkläre es mir so:

31

Zu Beginn raste jedes Mal dein Herz, Akofa. Kalter Schweiß brach auf deiner Stirn aus. Du zittertest am ganzen Körper. Du sahst alles nur noch verschwommen. Geräusche klangen dumpf, dann hast du deinen Körper verlassen und sahst dich von oben und von ganz weit weg. Es war spooky, Akofa, definitiv!

Ich sollte für unsere Schule mit allen Schülerinnen und Schülern Stockholms um die Wette vorlesen. Allein wenn ich daran dachte, fühlte ich mich krank. Ich sagte zu meiner Mutter: »Ich kann das nicht, ich fühle mich schrecklich, wenn ich mir das vorstelle.« Sie breitete ihre Arme aus und zog mich an ihren großen Busen. Da ich inzwischen größer war als sie, musste ich mich bücken. Ich ließ mich wie in ein weiches Kissen tief hineinfallen. Sie flötete mit sanfter Stimme: »Mein armes Akofalein. Natürlich musst du da nicht hingehen. Ich rufe in der Schule an und sage, dass du krank bist!« Sie streichelte mir über den Kopf.

Ich war in meinem letzten Schuljahr vor dem Abitur: Ich fühlte mich viel zu alt für die Schule, die Hausaufgaben oder um mir irgendetwas von Lehrern sagen zu lassen. Ich fragte mich: *Akofa, wohin soll dein künftiges Leben dich führen?* Aber ich hatte keine Idee. Ich wollte daher erstmal einen sozialen Dienst ableisten. Einfach weg von zu Hause und auf eigenen Beinen stehen. Etwas

Gutes tun, die Welt retten, dann würde sich mir schon ein Weg aufzeigen. Ich fürchtete mich vorm Scheitern. Ich bewarb mich schriftlich in einem Nationalpark in Ghana als Rangerin. Als Antwort erhielt ich einen Brief, der mich dazu aufforderte, beim Leiter des Nationalparks anzurufen für ein telefonisches Vorstellungsgespräch. Sofort quälte ich mich wieder in Gedanken: *Ich kann da nicht anrufen, ich schaffe das nicht.* Ich sagte es meiner Mutter. »Ist doch kein Problem, Akofa!«, trällerte sie fröhlich, ging zum Telefon und rief beim Nationalparkleiter an. Sie unterhielt sich 20 Minuten auf Englisch mit ihm über mich. Dabei warf sie mehrfach lachend den Kopf in den Nacken. Als sie den Hörer auflegte, sagte sie zu mir: »Siehst du, das war doch gar nicht schlimm. Du kannst nach den Sommerferien dort anfangen, Akofa.« Ich schrie sie an: »Warum hast du das getan? Das ist doch total peinlich! Ich werde in ein paar Monaten 18 Jahre alt!« Sie schüttelte den Kopf, guckte mich enttäuscht an und sagte: »Warum kannst du nicht einfach dankbar sein? Warum bist du immer so gemein zu mir? Ich meine es doch nur gut mit dir, Akofa!«

Ich verehrte Autoren, betete sie an, wollte sein wie sie. Mich tröstete, dass es auch für diese, in meinen Augen *Götter*, harte Arbeit gewesen sein musste. Aber es schreckte mich auch ab, diesen langen Weg vor mir zu sehen, und es schüchterte mich ein. Nach meiner fünfstündigen Deutschklausur für die Abiturprüfung sagte mir meine Zweitkorrektorin: »Akofa, also mit dem Englischen taten Sie sich ja immer schwer!« *Hey, Moment mal! Das stimmt doch gar nicht. Ich liebe Englisch! Nur Sie kann ich nicht leiden ...*, okay, das behielt ich für mich und dachte es mir nur. Meine Englisch-Lehrerin fuhr fort: »Akofa, aber Sie haben eine wirklich gute Schreibe. Sie sollten unbedingt etwas damit machen, so eine Gabe bekommt man geschenkt oder eben nicht. Da Sie sie haben, nutzen Sie sie!«, beendete sie ihre Predigt. *Äh, danke und wie?* Leider dachte ich mir diese Frage nur und blieb damit allein. *Ich stieg auf ihren Rat nicht weiter ein ...*

Im Dunkeln stehen sie auf, kochen Fufu, kleiden ihre Kinder und sich selbst festlich. Stundenlang machen sie sich schön. Die Frauen tragen ihre hübschesten Gewänder und bunte Tücher auf dem Kopf. Die meisten Männer schlafen noch. Mütter und Kinder ziehen in einer großen Gruppe los. Die Kleinen wie immer barfuß, die Frauen tragen Flip-Flops. Sie spielen auf selbstgebauten Musikinstrumenten wie Getränkekisten, die ihnen als Trommel dienen. Sie singen. So tief, dass mein ganzer Körper vibriert. So trällernd wie Vögel. So heiter, dass ich lache. So traurig, dass mir Tränen über die Wangen laufen. Immer mehr festlich gekleidete Mütter und Kinder strömen singend von allen Seiten herbei. Die Alten sitzen vor ihren Hütten, auf einen Stock gestützt, winken und lachen zahnlos. Viele schaffen den langen Weg nicht mehr. Ich bin voll frohen Mutes. Ich fühle mich im Einklang mit mir und dem Leben. Ich fühle mich sicher und geborgen. Alles scheint unendlich und miteinander verbunden. Als wir bei der Kirche angelangen, ist nicht nur diese zum Bersten gefüllt, sondern auch der Platz davor sowie die Nebenstraßen. Eine große Leinwand überträgt den Gottesdienst live. Die Atmosphäre erinnert mich an die eines Festivals. Maria breitet auf der Straße vor der Kirche Decken aus, auf denen sie ein Mahl anrichtet, das die Bezeichnung Picknick nicht verdient: Es gibt warme und kalte Speisen, süßes und salziges Gebäck, Obst- und Gemüseplatten, Fleisch und Fisch, Saft und Wasser. Nur Alkohol ist verboten. Bei den Menschen um uns herum sieht es nicht weniger festlich aus. Die Stimmung ist ausgelassen. Die Leute unterhalten sich lautstark, umarmen sich kräftig, küssen sich. Jetzt kommen mehrere Pickups. Auf ihren Ladeflächen quetschen sich so viele Männer, dass sie fast herunterfallen. Dann beginnt der Gottesdienst. Der Pfarrer spricht ein paar Worte, Messdiener schwingen Weihrauch. Sie tragen schwarze Anzüge und weiße gebügelte Hemden. Dann beginnt das erste Lied. Alle erheben sich, sie singen, trommeln, tanzen, trillern, klatschen. Eine Wucht des prallen Lebens erfüllt meinen Körper, meine Seele, meinen Geist. Die Leute genießen das Schöne. Sie blühen auf. Alle Last des harten Schicksals fällt von ihnen ab. Frauenchöre, Männerchöre, Jugendchöre und gemischte Chöre treten nacheinander auf. Ich sehe den Stolz in den Gesichtern der Sängerinnen und Sänger, ihre Würde. Sie spielen auch moderne Musik. Zwischendurch lesen sie immer wieder Texte aus der Bibel vor. Thema ist oft die Landwirtschaft. Leute haben Geräte mitgebracht, um das Gesagte zu demonstrieren. Die Predigt ist streng und fordernd. Nur derjenige dürfe essen, der mit den eigenen Händen dafür arbeite. Ich frage mich, wie die Menschen, die im Slum leben, das verwirklichen sollen? Sie verließen den ländlichen Raum, in der Hoffnung auf ein besseres Leben in der Stadt ... Ich sehe in Marias Gesicht: Sie hält die Augen geschlossen. Die Arme hat sie weit ausgebreitet und wiegt sie über dem Kopf. Ihre Hüften schwingt sie vor und zurück, hin und her, kreisend und ruckend wie in einer Trance. Ihre Züge sind gelöst und sie ist in diesem Augenblick unglaublich schön. Ich frage mich, welche Möglichkeiten sie gehabt hätte, wäre sie in Stockholm aufgewachsen? Und ich, wäre ich in Ghana groß geworden? Ein Stich trifft mich mitten ins Herz, ich keuche leicht und krümme mich zusammen. »Akofa, alles okay?«, Maria hat die Augen geöffnet und schaut mich besorgt an. »Ja, ja«, antworte ich hastig. »Es ist mir nur jemand auf den Fuß getreten«, fahre ich fort und zwinge mich zu einem Lächeln. Wie ungerecht das Leben ist, die Welt, die Menschen, Gott, einfach alles. Schmerz breitet sich jetzt in mir aus und nimmt mich gefangen …

**** Schmerz
Schmerz, erkranke ich psychisch?
Schmerz, muss ich vielleicht eine Klinik aufsuchen?
Schmerz, sterbe ich an Depression?
Schmerz, warum gab es Lobotomie und Elektroschocks?
Schmerz, warum stigmatisiert die Gesellschaft immer noch psychisch Kranke?

Es gab den siebten Tag in Folge Reis ohne Beilagen und Soße. »Eure Mami ist ein zähes Luder. Das sagte schon meine Austauschschülerin, als ich von morgens bis abends ohne Pause, Essen oder Trinken durch Paris lief«, sagte sie belustigt und stolz. Wir beiden Kinder aßen schweigend, wir stellten das nicht in Frage. Wir stellten *sie* nicht in Frage.

Unsere Mutter mietete in einem gehobenen

Stockholmer Stadtteil ein Haus mit einem riesigen Garten. Sie bestellte Seide aus China, mehrere Ballen. Sie kaufte einen Schredder für den Garten. Sie mietete Ferienhäuser in Dänemark mit Whirlpool. Sie besorgte sich eine elektrische Saftpresse für ihre Diät. Sie erstand eine Küchenmaschine zum Salatraspeln. Sie erwarb Geschirr von *Villeroy & Boch*, das Auge aß schließlich mit. Sie beschaffte ein weißes Samtsofa für die Abende vorm Fernseher. Sie bezog ein Tischsolarium für die Bräune im Winter. Ich brauchte neue Unterhosen, die alten hatten Löcher. »Wir haben kein Geld, Akofa! Wir *können* keine kaufen«, sagte sie. Ich fürchtete den Hohn und Spott meiner Mitschüler. Ich schwänzte den Sportunterricht. »Akofachen, wenn das Kindergeld überwiesen wird, bestelle ich uns ein großes Paket mit lauter schönen Anziehsachen. Notfalls stottere ich das in Raten ab und wir essen Reis ohne Soße.« Sie freute sich über ihren Witz.

Zwischendurch ein fröhliches Theaterstück, während der Fürbitte denkt die Gemeinde an Menschen, denen es noch schlechter geht. Sie fassen Witwen, Waisen und Kranke in ihre Gebete ein. Zur anschließenden Kollekte tanzen die Leute. In den Korb für die Armen legen alle etwas, auch wenn sie selbst fast nichts haben. Das Abendmahl findet nur mit getauften Erwachsenen statt, sie bereiten Brot und Sirup feierlich zu. Die Kinder gehen währenddessen in die Sonntagsschule. Danach sagen sie Bibelsprüche auf. Der Gottesdienst dauert vier Stunden. Im Anschluss feiern die Menschen vor der Kirche weiter.

Jede Mutter fürchtet, für ihre Kinder nicht genug zu essen und zu trinken zu bekommen. Jede Mutter fürchtet, dass ihre Kinder erkranken und sterben, weil sie den Arzt nicht bezahlen kann. Jede Mutter fürchtet, dass ihre Kinder einem Gewaltverbrechen erliegen. Jede Mutter fürchtet, dass ihre Kinder nicht lesen und schreiben lernen. Alle Mütter bilden eine echte Gemeinschaft, die sie trägt.

Edens Garten

Nach ein paar Wanderjahren stellten wir fest, dass die schönsten Treks abseits der Unterkünfte lagen. Papa schlug vor: »Amari, Akofa, lasst uns doch das Zelt mitnehmen. Dann können wir auch abgelegene Touren laufen.« Dort begegneten wir selbst im Hochsommer zur besten Reisezeit oft einen ganzen Tag lang niemandem. Ich fühlte mich frei und staunte, wie wenig der Mensch braucht, um zu leben. Und darüber, dass Glück etwas war, dass ich in mir selbst finden konnte.

Ich fühlte mich glücklich, wenn mein Körper und mein Geist sich mit der Natur verbanden. Wenn der Wind mich streichelte. Die Sonne mich wärmte und mit Kraft nährte. Ich war glücklich, wenn ich über meine Grenzen hinaus Strecken schaffte und Trails erklomm. Das Wasser, das ich aus einer Quelle trank, mir neue Energie verlieh und meinen Gang beschleunigte. Oder ein Stück von einer harten Salamiwurst geschnitten mit einem trockenen Kanten Brot einfach nur köstlich schmeckte. Ein Glücksgefühl durchströmte mich, wenn ich mit meinem verschwitzten Körper nach einem langen Tag in einen Gebirgsbach sprang. Wie schön es sein konnte, nach einer Woche Wandern in eine bewirtete Hütte einzukehren und dort einen frisch gekochten Eintopf zu essen. Anschließend in ein richtiges Bett zu fallen und zehn Stunden am Stück zu schlafen.

Ich fühlte mich stark, mir konnte nichts und niemand etwas anhaben. Ich spürte alles intensiv, war zentriert und fühlte mich ganz. Ich verstand endlich, was es bedeutete, »im Hier und Jetzt« zu leben.

Amari stieg bei dieser Art Wandertouren aus ...

Als ich als Erwachsene wandere, bewundere ich meinen Vater nachträglich fürs Zelten. Er war fast 50 Jahre alt, als er damit begann ...

Zurück in Stockholm finde ich nicht in mein altes Leben. Ich lasse mich treiben. Ich weiß nicht wohin mit mir, nichts begeistert mich und nichts will ich anpacken. Die Erlebnisse in Ghana haben mich umgehauen, nur was lerne ich daraus für meine Zukunft? Ich hinterfrage mich, meine Eltern, die Schweden ... Und was nützt mir das? Mein Herz schlägt für Afrika, vielleicht schon immer, das ist mir jetzt klar. Aber ich gehöre nicht dorthin. Und nach Schweden gehöre ich auch nicht, vielleicht noch nie ...

Ich probiere es mit Journalismus. Dass ich über eine gute Schreibe verfüge, kann mir dabei helfen. Zumindest würde es nicht schaden. Liebend gerne hätte ich Literaturwissenschaften studiert. Doch ich bin gut informiert und weiß, dass Skandinavistik-Absolventen arbeitslos sind. Anwärter für Journalismus gibt es wie Muscheln am Strand. Viele von ihnen schreiben sehr gut, sind hervorragend ausgebildet und bereit, für ein Praktikum sogar jahrelang ohne Vergütung zu arbeiten. Sie hoffen auf eine der raren festen Redakteursstellen. Eine Kombination beider Fächer erscheint mir daher als purer Selbstmord. Ich suche mir also einen naturwissenschaftlichen Zweig aus. Ich vermute, dass das immer gut ankommt. Dazu studiere ich Politikwissenschaften. Das kann ich bei einer Zeitung bestimmt ebenfalls gut gebrauchen.

Ich lege los! In den ersten Semesterferien schnuppere ich bei der führenden lokalen Tageszeitung in Stockholm Praxisluft. Ich bin entsetzt! Im Politikresort sind die rund 20 Redakteurinnen und Redakteure alle weiß. Ich will schreiben! Ich will nicht die nette farbige Exotin sein, mit der man seine Toleranz zur Schau stellt. Ich wechsele eine Etage tiefer in die Lokalredaktion. Hier gibt es immerhin auch Afroschwedinnen. Allerdings sind die meisten Single oder haben keine Kinder oder erweisen sich als härter als die eine Etage über uns. Die erfolgreichsten unter ihnen verbinden alles in Personalunion. Haben sich wohl durchgebissen …

Ich kann nicht weiter darüber sinnieren, denn ich höre eine von ihnen rufen: »Akofa, heute Abend, 20 Uhr, *Johannes Waldorfförskolor*! Es geht um den Vorschulunterricht im Kindergarten im Vergleich zur Schule, übernimmst du das? Dreihundert Zeichen und ein Foto reichen.« Okay, das ist jetzt nicht ganz das, was ich mir erträumt habe, aber hallo: *Ich schreibe!*

So geht es jeden Tag weiter: kleine Veranstaltungen, die zu ungünstigen Tageszeiten oder am Wochenende zu besuchen sind und über die ich kurz berichte. Tags darauf stehen meine Texte mit meinem Kürzel drunter in der Zeitung. Am Ende meines Praktikums bekomme ich eine freie Mitarbeit angeboten.

Neben dem Studium arbeite ich außerdem in der Dokumentation für ein Reisemagazin mit einem festen Stundenlohn. Ja, echt jetzt! Ich telefoniere, recherchiere, redigiere und erhalte dafür Geld. Ich bekomme bestätigt, dass ich meine Arbeit sehr gut gemacht habe. Nur leider will ich nicht dauerhaft in der Dokumentation oder Schlussredaktion arbeiten, sondern schreiben …

In allen folgenden Redaktionen, vom Architekturmagazin bis zur Wissenschaftszeitung, texte ich. Meine *gute Schreibe* attestieren mir sämtliche Chefredakteure, in deren Redaktionen ich Praktika absolviere. Aber sie sagen mir auch klipp und klar, dass ich kein Ausnahmetalent sei. Ich lasse mich davon entmutigen. Es ist nicht allein dieser Umstand, aber er demotiviert mich doch sehr im Zusammenspiel mit der Aussicht, immer um eine Stelle oder Bezahlung kämpfen sowie sich ein Standing innerhalb einer Redaktion erarbeiten zu müssen.

Ich steige daher nach dem Studium nicht tiefer in den Journalismus ein …

Liebesleben

Dann verliebe ich mich in Freja! Sie ist eine ehemalige Klassenkameradin und wir treffen uns zufällig im *Lykke* wieder, einem angesagten Stockholmer Café. »Akofa, was machst du denn hier? Wir haben uns seit der Schule nicht mehr getroffen und jetzt sehen wir uns ausgerechnet an meinem ersten Arbeitstag wieder. Ich wollte dir schon so lange begegnen, aber heute kann ich mir leider keine große Pause leisten ...« Sie hebt entschuldigend die Schultern und sieht wirklich bedröppelt aus. Ich lache: »Na ja, ich kann auch warten, bis deine Schicht beendet ist. Ich lese so lange. Habe eh keinen Plan und kein Ziel.« Sie runzelt die Stirn, dann läuft sie hinter den Tresen und macht einen Cappuccino. Den Milchschaum ziert ein Herz. »Bitte schön, den bezahl' ich«, sagt sie und lächelt schüchtern. Habe ich etwas nicht mitbekommen?

Ich lese. Wenn ich zwischendurch aufblicke, schmeißt Freja mir immer wieder ein Lächeln zu. Als sie mit ihrer Arbeit fertig ist, setzt sie sich an meinen Tisch. »Also, erzähl! Ich kann erkennen, dass etwas Entscheidendes in deinem Leben passiert ist. Und dass Stockholm ein zu klein gewordener Schuh ist, aber du nicht weißt, was als Nächstes kommt.« Sie schaut mir triumphierend in die Augen. Warum um Himmels willen können immer alle sehen, was mit mir los ist? »Echt jetzt? Woran merkst du das?«, frage ich daher. »An allem, deinen Augen, deiner Körperhaltung, deiner Stimme ...«

Liebevoll ruht ihr Blick auf mir. *Puuhhh, in was bin ich da hineingeraten?* »Ich war in Ghana«, sage ich zögernd. »Wirklich? Das ist doch super! Ich habe mir immer gewünscht, dass du dich eines Tages traust, deine Wurzeln zu suchen.« Hmmmm, interessant, Freja scheint sich auch schon vor unserer zufälligen Begegnung mit mir beschäftigt zu haben. Wir quatschen stundenlang, bis Frejas Kollegin die Stühle hochstellt und uns rausschmeißt, weil das Café schon längst geschlossen hat.

»Wollen wir noch was trinken gehen?«, fragt mich Freja. *Wow, was geht denn bitte hier ab?* »Klar«, höre ich mich sagen. Wir gehen in eine neue »In-Bar«, die ich noch nicht kenne. Wir trinken *Aperol Spritz* und quatschen weiter. Schon leicht angeheitert sagt Freja: »Lass uns tanzen gehen, Akofa, bitte sag nicht nein.«

Wir tanzen, bis es morgens hell wird. Ich zapple alles aus mir raus und vergesse alles.

Freja sieht unglaublich gut aus. Das finde nicht nur ich, sondern sie bekommt von allen Seiten bewundernde Blicke und wird angetanzt. Freja und ich landen im Bett, für mich völlig untypisch, für sie absolut normal.

Als wir am nächsten Morgen bei mir im Studentenwohnheim erwachen, wundert Freja sich: »Akofa, wieso hast du nichts zu essen im Kühlschrank?« Ich antworte: »Aber ich habe doch Reis und Nudeln!« Sie zieht eine Augenbraue hoch und fragt: »Und das isst du *trocken*? Oder gehst du immer in die Mensa?« Ich zucke mit den Schultern, als ich antworte: »Ich gehe nicht mit den anderen in die Mensa. Ist mir zu teuer. Und Pommes sind mir zu ungesund. Außerdem esse ich keine Tiere und das Angebot für Vegetarier ist echt mies ...«

Freja geht einkaufen und kommt mit Obst und Gemüse, Joghurt und Milch, Brot und Käse, Tomatensoße und Pizzaböden, Milchreis und Apfelmus zurück. »Heute lade ich dich aber zum Essen ein«, sagt sie lachend. »Ich habe auf dem Weg zum Supermarkt jede Menge Bars und Bistros gesehen, in denen eine Studentin wirklich nicht arm wird, Akofa.« Ich schäme mich, bin dankbar und beeindruckt von Freja.

Ich hatte schon Beziehungen, aber diesmal ist es mir ernst. Sie ist tatsächlich meine Traumfrau, die Liebe meines Lebens! Also, so sieht's von meiner Seite aus! Es dauert eine Weile, bis sich Freja auf eine feste Beziehung mit mir einlässt. Sie ist eine Lebefrau, feiert gern, reist ständig, und gefällt den Frauen, auch den Männern, aber außer zum Ausprobieren interessieren sie sie nicht.

Ich bleibe dran. Verfolge ihre Arbeiten, die sie veröffentlicht, ihre privaten WhatsApp-Storys, ihre Social-Media-Kanäle und bekunde mein Interesse an ihr öffentlich ... Doch das führt nur dazu, dass ich sie für narzisstisch, untreu und oberflächlich halte ... Ich ziehe mich immer wieder ganz zurück, bin introvertiert und verletzlich ... Als ich es schon gar nicht mehr zu hoffen wage, entscheidet sich meine Angebetete plötzlich doch noch für mich ...

Wir sind erst ein paar Wochen fest zusammen, als Freja fragt: »Akofa, sag, wie sieht es eigentlich bei dir mit einer Familie aus?« Ich schaue sie wohl total bedröppelt an, denn sie lacht, zwinkert mir zu und erklärt dann: »Ich meine, wünschst du dir mal Kinder?«

»Ja, ich will eine Familie«, sage ich, ohne auch nur eine Sekunde darüber nachzudenken. »Und wie stellst du dir das so vor, Akofa?«, hakt sie nach. Oha, sie will mich abchecken, es ist ernst. »Also am liebsten hätte ich vier Kinder, zwei Jungs und zwei Mädchen«, höre ich mich sagen. Alter, geht's noch? Woher kommen denn plötzlich solche abgedrehten Ideen? »Waaaaas? Das hat mir ja noch nie eine Frau gesagt«, lacht sie und zieht erstaunt die Augenbrauen hoch. »Willst du damit sagen, ich sei keine richtige Frau?«, frage ich verletzt. »Nein, nein, ich finde das total toll! Ich wünsche mir auch Kinder. Nur alle meine bisherigen Freundinnen meinten immer, sie könnten es noch nicht sagen, seien sich nicht sicher, wollten erst noch das Leben genießen ... Daher bin ich überrascht, dass du so klar weißt, was du willst«, entschuldigt sie sich. Zärtlich streichelt sie mir übers Gesicht, dann umfasst sie es mit beiden Händen, zieht sanft meinen Kopf zu sich heran, schließt die Augen und küsst mich. Ich lasse mich ganz in diesen Kuss fallen ...

Als sie ihre Augen wieder öffnet, flüstert sie: »Und wie stellst du dir das vor: Wer bekommt die Kinder und wer kümmert sich um sie? Ich meine, du willst sie doch nicht acht Stunden täglich in die Krippe geben, oder?« – »Auf keinen Fall!«, höre ich lautstark jemanden protestieren. Es dauert eine Weile, bis mir bewusst wird, dass *ich* das gerade gesagt habe. Dann höre ich mich säuseln: »Ich will für meine Kinder da sein. *Ich* kümmere mich um unsere Kinder! Du kannst sie gerne bekommen, wenn du willst.« – »Das ist gut«, antwortet Freja. »Ich will sie bekommen! Aber ich kämpfe hart und will unbedingt eines Tages Richterin sein! Das kann ich vergessen, wenn ich vier Jahre Babypause mache«, ergänzt sie lachend.

Sie will wie ich viele Kinder und stellt als Bedingung lediglich, dass sie nach dem Mutterschutz sofort wieder arbeiten geht und ich Elternzeit nehme, um mich um unsere Kinder zu kümmern. *Hey Frau, das war genau das, wovon du immer heimlich träumtest, Akofa!*

****** Liebesleben**

Eine neue Liebe ward geboren,
sie küsst sich lange und spaziert am Strand.
Sie picknickt
bei Sonnenuntergang am Meer.
Sie entdeckt die Welt
neu.
Sie liebt
leidenschaftlich, ergeben, innig,
stürmisch, unersättlich, sich verlierend.
Sie entwickelt sich
symbiotisch zur Religion, zur Gottheit.
Sie scheint
unbesiegbar, unerschütterlich,
allumfassend.
Sie schwört
den Bund fürs Leben.
Sie schafft
ein gemeinsames Universum.
Sie zeugt
eine neue Liebe.
Sie wächst heran

ZUR GROSSEN, ALLES VERSCHLINGENDEN,
AUSZEHRENDEN, EWIG WÄHRENDEN LIEBE.
SIE FLIEGT
AUF IHREM HÖHEPUNKT.
SIE LACHT, SIE FEIERT, SIE LIEBT, SIE GLUCKST
VOR FREUDE.
SIE GEBÄRT AUS ÜBERSCHWANG
WEITERE LIEBEN, WILL KEIN ENDE FINDEN.
SIE ZITTERT,
SIE WANKT.
SIE KLAGT AN,
SIE ZWEIFELT, SIE BRICHT, SIE STÜRZT.
SIE WILL NOCH EINMAL SO LIEBEN, NUR *EINMAL*,
UM JEDEN PREIS.
SIE ERLISCHT,
STILLE, IST SIE GESTORBEN?
FINDET SIE
EINE NEUE LIEBE?
DAS LEBEN VERBAND SIE FÜR IMMER,
UNMÖGLICH, ES AUSZUTRICKSEN UND MIT EINER
NEUEN LIEBE VON VORN ZU LEBEN!
EINE NEUE LIEBE
KANN FÜR IMMER LIEBEN.
ABER EINE NEUE LIEBE
KANN NICHT VON NEUEM BEGINNEN ZU *LEBEN*.
DAS LEBEN LEBT
IMMER WEITER.
DIE LIEBE LIEBT
IMMER WEITER.

Als Erwachsene beginne ich zu klettern. Suche neue Horizonte und erklimme Fabrikschlote. Dann mein erster Klettersteig in der Natur. Na ja, besser gesagt: draußen. Geht so. Wir sind mit vielen unterwegs. Meine Arme und Beine zittern wie eine Nähmaschine ... Dabei ist es nicht schwierig, an den Felshaken, die dauerhaft in der Wand befestigt sind, entlang zu klettern. Aber es braucht Zeit. Oben angekommen belohnt die tolle Aussicht. Und ein köstliches Picknick. Erinnerungen an früher breiten sich aus. Als es nicht um das Ziel, sondern um die Pause ging. Ich vermisse Mama, Papa und Amari.

Ich klettere weiter. Wage mich immer höher, es wird immer schwieriger, immer riskanter. Eines Tages stehe ich vor meiner persönlichen *Eiger-Nordwand*. In einer Seilschaft will ich einen Felsgrat laufen. Die Seilbahn fährt uns hoch. Wie unwürdig! Mein Vater und ich liefen oftmals für den Einstieg einer besonderen Wandertour die ersten Tage durch Sümpfe, mückenverseucht, ohne Aussicht, einfach nur zwischen Bäumen ...

Mein jetziger Partner in den Alpen ist keiner meiner Freunde. Er passt einfach nur gut zu mir. Er hat das gleiche Gewicht, die gleichen Fähigkeiten, die gleiche Einstellung. Falls ich mich in ihm täusche, kann es mein Leben kosten. Wir nähern uns dem Gipfelgrat. Dem Material vertraue ich vollkommen. Beim Klettern gehts nicht ohne. Quergänge sind gefährlicher. Sowohl Vorsteiger als auch Nachsteiger können stürzen. Dabei kommt es zu Pendelbewegungen. Wir tragen jeder einen Pickel in der Hand. Falls einer von uns strauchelt, kann er auf beiden Seiten in die Tiefe stürzen. Es ist also egal, in welche Richtung wir fallen. Es geht darum, in dem Augenblick, in dem der Partner abstürzt, auf die andere Seite zu springen. Jeder hängt dann auf einer Seite des Grats. Wir sind voller Adrenalin, als wir ihn entlanglaufen. Die Aussicht genießen wir nur, wenn wir kurz anhalten. Wir sind nicht allein. Als wir auf dem Gipfel ankommen, merke ich, wie meine Beine zittern. Vor Anspannung. Damit habe ich nicht gerechnet. Wir müssen den Quergang auch wieder zurückklettern. Wir können uns bei Wetterumschwüngen nicht schnell abseilen. Daher haben wir Biwaksäcke dabei.

Als Kind träumte ich während der Wandertouren mit meinem Vater davon, zu biwakieren. Jetzt checken wir per Satellitenempfang das Wetter. Die Prognose von heute Morgen trifft noch exakt zu. Ich spüre Enttäuschung in mir aufsteigen. Wo ist das Abenteuer geblieben? Das soll mein Traum gewesen sein? Dafür riskiere ich mein Leben?

Ich steige aus dem Klettern aus!

Ich wohne mit Freja inzwischen in einer kleinen Wohnung. Ich erhalte staatliche Studienhilfe und verdiene etwas Geld nebenbei. Extra kaufen kann ich mir nichts davon. Urlaube, Anziehsachen oder mal Ausgehen ist nicht drin. Freja beschenkt mich gerne und ich freue mich darüber, aber es ist mir auch unangenehm. Ich treffe meine Mutter im Café, um mit ihr darüber zu sprechen. Sie sagt: »Nein, Akofa, ich habe kein Geld.« Wir streiten. Sie bleibt bei ihrem Wort.

Ein paar Wochen später steht Amari mit seiner Sporttasche in meiner Wohnung. Er sagt: »Akofa, ich habe mich so schlimm mit unseren Eltern gestritten, dass ich dort nicht mehr wohnen kann!« Ich verstehe das gut. Und bin überfordert. Er ist noch keine 18 Jahre alt und geht zur Schule. Ich rufe unsere Mutter an und bitte sie zum Gespräch. Es endet im Streit. Amari will nie mehr mit ihr sprechen. Unsere Mutter sagt: »Wenn das so ist, Akofa, dann besorge ich mir eben neue Kinder.« Ich rufe beim Jugendamt an. Das ordnet einen Termin an, bei dem beide Elternteile anwesend sein müssen. Ich hole mir für mich selbst professionelle Hilfe. Die Therapeutin sagt gnadenlos ehrlich: »Akofa, Sie müssen Ihre ganze Geschichte aufarbeiten. Das ist Ihre einzige Chance, alles heil überstehen zu können.« Wie bitte? Aber ich stecke mitten in meinen Abschlussprüfungen für mein Studium.

»Dieses Problem haben alle Adoptierten. Ich denke, Sie sind jetzt noch nicht so weit für eine Therapie. Aber je länger Sie warten, desto größer der Schaden.«

Wie betäubt gehe ich nach Hause. Nach jeder der fünf Probesitzungen mit der Therapeutin bin ich eine Woche krank: Migräne, Schlafstörungen, Panikattacken. Ich sage mir: *Akofa, so schaffst du deinen Abschluss nicht!* Ich entscheide mich gegen eine Therapie. Vorerst. Ich schließe meinen Master mit Eins ab. Ich finde einen tollen Job, der mir Spaß bringt und ich verdiene gut. Ich heirate. Mein Leben scheint perfekt zu sein. Zu meinen Eltern und meinem Bruder habe ich kaum Kontakt, die alte Geschichte scheint vergessen.

Da Freja und ich nun mal zwei Eizellen liefern, entschließen wir uns, für einen Spender. In Schweden gibt es einen Mangel und so wählen wir eine Kinderwunschklinik in Dänemark. Die Entfernung schreckt uns nicht ab, im Gegenteil: Wir verbinden unseren Besuch mit einem kleinen Urlaub. Dass wir die Kosten für eine *Intrazytoplasmatische Spermieninjektion,* kurz *ICSI*, selbst zahlen müssen, trifft uns dagegen schon. Es sind 4000 bis 5000 Euro pro Versuch. Dabei wird ein einzelnes Spermium mit Hilfe einer sehr feinen hohlen Glasnadel direkt in die Eizelle gespritzt. Fängt der Embryo an, sich zu entwickeln, setzt ihn *Ein Weißer Kittel* in die Gebärmutter ein.

Plötzlich bekomme ich wieder Panikattacken. Des Nachts kann ich nicht schlafen. Ich versuche es trotzdem weiter wie bisher. Es wird immer schlimmer. Irgendwann kann ich mit niemandem mehr sprechen und unsere Wohnung nicht mehr verlassen. Ich kündige meine Arbeit. Ich suche verschiedene Therapeuten auf. Endlich, nach der zwanzigsten Praxis, finde ich eine Psychologin, die sich bereit erklärt, mich ambulant zu behandeln. Zweimal die Woche, wenn Freja verspricht, mich nie unbeaufsichtigt zu lassen. Ich muss ihr zusichern, ein Antidepressivum zu nehmen. Die Kombination von beidem wirkt sofort.

Die Kinderwunschklinik ist wie ein Wohnzimmer eingerichtet. Mit teuren Möbeln, Gemälden und Teppichen. Von dem Geld der Befruchtungen? Überall Babyfotos und Broschüren mit jungen, lächelnden Eltern. Im Wartezimmer dagegen tummeln sich Frauen im Großmutteralter, seltener ein paar Urgroßväter dazwischen, alle mit hoffnungsfrohen Mienen. *Ein Weißer Kittel*, der wie ein großer Schuljunge aussieht, ruft uns auf. Mit strahlendem Lächeln erklärt er: »Alles kein Problem!« Hat der denn schon sein Studium abgeschlossen? Der kann doch höchstens 18 Jahre alt sein! Und zählt Berufserfahrung in diesem Bereich überhaupt nicht? Ich stelle ihn auf die Probe: »Meine Frau und ich *können* ja im Gegensatz zu den meisten Ihrer Patientinnen Kinder bekommen. Berücksichtigen Sie das, wenn Sie die Hormone dosieren?« – »Nein, wir unterscheiden bei Patientinnen nicht grundsätzlich zwischen denen, die keine Kinder bekommen können, und denen, die es können«, antwortet er fröhlich. »Aber wir messen den Hormonspiegel im Blut und dosieren danach das Gelbkörperhormon. Wir empfehlen Ihnen unbedingt, Hormone nach dem Embryonentransfer zu nehmen, um die Wahrscheinlichkeit einer Schwangerschaft zu erhöhen. Und wir raten Ihnen genauso dazu, einen Gentest Ihres Erbmaterials zu machen, wie denen, die unfruchtbar sind«, fährt er fort. »Sie werden also genauso behandelt wie alle anderen.«

Ich bin entsetzt: »Einen Gentest? Um zu gucken, ob das Kind behindert ist? Weil wir keine Menschen mit Behinderung in unserer Gesellschaft wollen?« Ich warte die Antwort nicht ab und frage weiter: »Und vielleicht testen Sie noch, ob es normal wird? Ob es blaue Augen hat und blonde Haare?« Ich bin jetzt richtig in Rage und ignoriere Frejas besorgten Blick und ihr geflüstertes »Akofa!«, als ich ausrufe: »Das wollen wir auf keinen Fall! Wir nehmen unser Kind so, wie es ist!« *Der Weiße Kittel* grinst mich weiter

mit seinem strahlenden Zahnpastalächeln an:
»Das kann ich sehr gut verstehen!« Ach wirklich? Kann der große Schuljunge überhaupt etwas von dem ganzen Thema verstehen, so unreif, wie er wirkt? Ich spüre, wie mir heiß wird vor Zorn und die beschwichtigenden Handdrücker meiner Frau, mehrfach, erst zärtlich beruhigend, dann ungeduldig fordernd und ergänzt um »Akofa, bitte«-Gezische. *Der Weiße Kittel* fährt fort: »Es tut uns leid, aber wir haben uns aus ethischen Gründen dazu verpflichtet, nur Embryonen zu transferieren, bei denen die Spender zuvor einen Gentest durchgeführt haben. Das gilt für beide Seiten. Im Falle eines Gendefektes, der eine Behinderung nach sich zöge, käme unverhältnismäßig viel Leid auf die Eltern und das Kind zu, das nicht zu verantworten wäre.« Mir klappt das Kinn runter. Ich sitze mit offenem Mund da, unfähig mich zu bewegen. Freja streichelt meine Hand wieder und flüstert: »Akofa.« – »Sie können es sich natürlich noch mal überlegen«, sagt *Der Weiße Kittel* immer noch lächelnd.

Ich stehe auf. Gehe raus. Ich ertrage das teure Wohnzimmer nicht. Ich laufe auf die Straße. Ich atme tief ein und aus. Freja steht auf einmal weinend und schluchzend neben mir. Ich nehme sie in den Arm und streichele mechanisch ihren Rücken. Sie wispert: »Akofa, ich wünsche es mir doch so sehr!« Was wollen wir uns da antun? Alle Werte über Bord werfen?

Als ich wieder gesund bin, will ich eine Familientherapie versuchen. Ich überrede meine Psychologin, die gar nicht begeistert davon ist, zu gemeinsamen Sitzungen mit meiner Mutter. Ich schreibe einen Brief an Mama, in dem ich sie bitte, im Beisein meiner Therapeutin über Amaris und meine Adoption zu sprechen. Sie antwortet: »Oh nein, Akofalein, ist dir denn etwas Schlimmes passiert? Ich sehe dafür überhaupt keinen Grund! Aber wenn es dir hilft, zu deiner Psychologin zu gehen, dann tu das doch einfach weiterhin. Mit mir hat das nichts zu tun ...«

//// MEINE MUTTER

MUTTER/ SCHMERZ/ ALLEIN/ KRANK/ DUNKEL/
ANGST/ TRAUER/ VERLUST/ VERSAGEN/
VERLOREN/ MISSBRAUCH/ BESCHÄMUNG/ WUT/
HASS/ TOD/ MUTTER.
MUTTER, ICH VERGEBE/
MUTTER, ICH VERSÖHNE/
MUTTER, ICH BESIEGE/
MUTTER, ICH VERZEIHE/
MUTTER, ICH LEBE/
MUTTER, ICH FÜHLE/
MUTTER, ICH GENIESSE/
MUTTER, ICH LACHE/
MUTTER, ICH SCHREIBE/

MUTTER, ICH HEILE/
MUTTER, ICH HOFFE/
MUTTER, ICH FLIEGE/
MUTTER, ICH LIEBE/
MUTTER, ICH GLAUBE/
MUTTER, ICH GEBÄRE/
MEINE MUTTER.

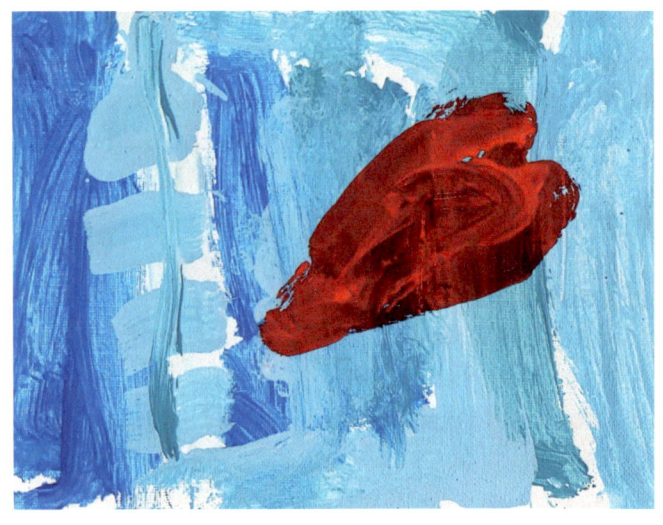

Herzmama

Mich plagen Gewissensbisse, wenn Freja mit
bleichem Gesicht auf ihrem Kopfkissen liegt. Ich
kann nicht zwischen dem Weiß des Bettlakens
und ihrer Haut unterscheiden. Oder fantasiere
ich mir das nur zusammen? Weil es dunkel ist

und der Mond, der durchs Fenster scheint, die einzige Lichtquelle bildet? Ihre Sommersprossen zeichnen sich scharf auf ihrem Gesicht ab. Ihre rotblonden Locken liegen wirr um ihren Kopf verteilt, quellen über den Rand ihres Kissens hinaus und machen sich auf dem Laken breit. Bis ihnen mein Kissen eine Barriere bietet, über die sie sich nicht hinwegzusetzen vermögen. Frejas Gesicht ist, selbst während sie schläft, angespannt. Ihr Schlaf unruhig. Ihr Atem geht leise und unregelmäßig. Ich liege stundenlang wach in dieser Zeit. Freja tut mir leid und ich wünsche mir, wir könnten irgendwie rauskommen aus dieser Nummer. Ich sehne mich nach unserem alten unbeschwerten Leben. Gleichwohl weiß ich natürlich nur allzu gut, dass es auch ohne Kinderwunschbehandlung nie wieder so sein wird, wie früher ...

100, 101, 102, leiser Schnarcher. 103, 104, 105, 106, 107, unruhiges Hin- und Herschlagen mit dem Kopf. 108, Zähneknirschen. 109, 110, 111, 112, 113, Zur-Seite-Strampeln der Decke. 114, 115, 116, Mitternacht. Noch fünf Stunden, bis uns der Wecker mit seinem Klingeln erlöst. 117, ich denke mir: *Akofa, was tun wir uns bloß an?*

Als wir uns das erste Mal begegnen, ist sie mir unsympathisch. Übergewichtig, schmatzt sie lustlos auf einem Kaugummi. Wenn ich ihr etwas erkläre, schaut sie gelangweilt weg. Genervt antwortet sie: »Yes, yes«. Von sich aus spricht sie nicht. Ich bin völlig verunsichert. Anfangs kommt sie vier Stunden. Küche und Bäder putzen, saugen, wischen. Die Zeit reicht nicht. Ich halte sie für langsam und einige mich mit ihr darauf, dass sie wöchentlich im Wechsel Erdgeschoss und den ersten Stock reinigt. Das kommt mir zupass, so muss ich nicht alles auf einmal aufräumen. Außerdem arbeite ich zu Hause. Ich versuche, mich zu beruhigen: *Akofa, so hast du deine Ruhe!*

Wir sprechen nicht miteinander. Es ist mir unangenehm, dass sie mein Bett nach einer Liebesnacht neu bezieht, den Eimer mit Damenbinden leert oder mein Gebiss – so nenne ich meine Plastikschiene zum nächtlichen Verhindern des Zähneknirschens spöttisch – reinigt. Sie trägt Handschuhe. Sie bürstet die Bremsspuren in der Kloschüssel fort. Sie stopft blutverkrustete Unterhosen in die Waschmaschine. Die Geräusche, die sie dabei von sich gibt, stören mich. Beunruhigt stelle ich fest: *Akofa, du kannst dich überhaupt nicht auf deine Arbeit konzentrieren!*

Ich höre Klodeckel klappen, Staub saugen, Schritte die Treppe knarzend hoch und runter laufen, den Wischmopp im Eimer stampfend auswringen, die Haustür öffnen und schließen, Geschirr klappern. Wenn sie fertig ist, kommt sie Kaugummi schmatzend an meinen Schreibtisch. Sie knallt mir einen Zettel auf meinen Laptop und sagt: »I'm finish.« Ich zeichne ihre Stunden für die Agentur ab. Sie geht grußlos. Wenn sie weg ist, finde ich meine Sachen nicht an ihrem Platz. Ich ärgere mich. Kompost füllt die Papiermülltonne. Die Abfallwerker werden sie wieder nicht mitnehmen. Ich schimpfe mit mir selbst: *Akofa, wie ärgerlich! Jetzt hängst du hier kopfüber in der Tonne, um matschige Bananenschalen und Kaffeekrümel herauszufischen, und dafür zahlst du auch noch ein Vermögen!*

Ich erkläre es ihr gefühlte hundert Mal – vergeblich. Wolle schrumpft im 60-Grad-Waschgang, Teflonpfannen werden blitzsauber im Geschirrspüler und verlieren jegliche Beschichtung. In den Zimmern hängt der Geruch von Schweiß. Wenn wir Urlaub haben, kommt sie trotzdem pünktlich um sechs Uhr in der Frühe. Sie klingelt und beginnt im Schlafzimmer, die Betten müssen schließlich gemacht werden. Anfangs kommt sie, ohne vorher zu klingeln, mit dem Schlüssel ins Haus. Mein Herz setzt einige Male aus, weil sie plötzlich wie aus dem Nichts vor mir steht. Es dauert Monate, bis sie sich an das Klingeln gewöhnt. Ich ermahne mich immer wieder: *Akofa, du wirst bald Mutter und Freja braucht dringend Hilfe!*

Meine Liebste krümmt sich vor Bauchschmerzen. Wie zum schlechten Scherz wölbt sich ihr Unterleib gleich dem einer Hochschwangeren. Winzige Schweißperlen bilden sich auf ihrer Stirn und der Oberlippe. »Ich fahre dich jetzt ins Krankenhaus!«, sage ich energischer als beabsichtigt. Ich rechne mit Gegenwehr. »Nein, Akofa«, stöhnt Freja, »mach mir noch einen Proteinshake! *Der Weiße Kittel* meint, ich solle so viel Eiweiß wie möglich zu mir nehmen und reichlich trinken.« Ich sehe sie zweifelnd an. Dann verschwinde ich in die Küche und bereite ihr den fünften Proteinshake des Tages zu. Als ich ihn ihr reiche, versuche ich mit der schmeichelhaftesten Stimme, die mir in dieser angespannten Situation möglich ist, zu sagen: »Schatz, falls es dir nach diesem Glas nicht besser geht, müssen wir in die Klinik fahren!« Ich rufe vorsorglich schon mal die Notfallnummer an, die wir vom Kinderwunschzentrum erhalten haben. Falls sich etwas Beunruhigendes am Wochenende zutragen würde oder am Abend. Was aber so gut wie nie vorgekommen wäre, wir sollten uns auf keinen Fall Sorgen machen.

Eine Handynummer. Für meinen Geschmack klingelt es unnötig lange. »Ja?«, endlich eine Stimme. Im Hintergrund schreien Kinder, bellt ein Hund. Laute aus einer anderen Welt, nach der wir uns *zu sehr* sehnen. *Und das mit dem möglichen Tod deiner Frau bezahlen, Akofa,* sagt eine kleine, böse Stimme in mir. Ich reiße mich zusammen und schildere *Dem Weißen Kittel* Frejas Zustand. Er klingt betont verständnisvoll, als er sagt: »Es tut mir sehr leid, aber Sie müssen sofort ins Krankenhaus!« Als ich es meiner Liebsten erzähle, gibt sie ihren Widerstand endlich auf. Ich fahre sie in das *Karolinska Universitetssjukhuset* südlich von Stockholm.

»*Hyperstimmulationssyndrom!* Sie hätte nicht viel später kommen dürfen, sonst hätte es tödlich geendet«, stellt der diensthabende *Weiße Kittel* nüchtern fest, als er ein Ultraschallbild von Frejas Eierstock aufnimmt. »Bitte was?«, frage ich. *Der Weiße Kittel* zeigt auf den Monitor. »Das ist der Eierstock. Er ist riesig, weil ihn 17 reife Eizellen aufpusten wie einen Ballon. Und er ist voller Flüssigkeit. Der Körper ihrer Frau muss zugepumpt sein mit Hormonen.« Meine Liebste sagt wie zur Entschuldigung: »Ich spritze mir die Hormone seit über einem Monat täglich selbst in den Bauch.« – »So was habe ich noch nie gesehen«, erwidert *Der Weiße Kittel*. »Ich gebe ihnen eine Infusion. Sie schaffen es schon!« Er klopft Freja aufmunternd auf die Schulter. »Ja, hoffentlich!«, antwortet sie. »Wäre blöd, Akofa, falls nicht! So kurz vorm Ziel ...«

Ich küsse meine Süße auf die Stirn, nehme ihre kalte, schlaffe Hand in meine und streichle ihr übers Haar: »Sag so etwas nicht, Freja! Das Wichtigste in meinem Leben bist *du*. Und deine

Gesundheit! Vergiss das nie.« Sie lächelt matt. Dann lässt sie sich erschöpft in das Kissen fallen und schließt die Augen. Ich bete im Stillen, dass es nicht für immer sein möge …

Sie hatte wunderschöne Beine. Ich meine, nicht *irgendwie* schöne Beine. Sondern solche, nach denen ich mich umdrehte. Ich sah die Frau mittleren Alters, nicht besonders hübsch. Kurze blonde Haare, schwarze dicke Hornbrille, vom Typ her maskulin und etwas verhärmt. Vom Schicksal? Der Arbeit? Wer weiß … Möglicherweise langweilte ich mich, aber keinesfalls erwartete oder erhoffte ich etwas, als ich den Blick an ihr heruntergleiten ließ. Und dann sah ich ihre Beine: lang, wohlgeformt und braun. *Wow!*, schoss es mir durch den Kopf. *Die hat aber schöne Beine!* Und nach ein paar Schritten dachte ich: *Akofa, hat sie wirklich diese wahnsinnigen Beine?* Ich *konnte* einfach nicht anders, ich drehte mich noch mal nach ihr um: Ja, hatte sie!

Frejas Beine waren nicht so zauberhaft. Fand *sie*. Damit lag sie mir ständig in den Ohren und maulte: »Akofa, schau doch mal *richtig* hin! Sie sind lang, aber nicht wohlgeformt. Sie sind schlank, aber sie neigen zur Orangenhaut.« Ich wendete dann ein: »Aber deine Knie zieren Sommersprossen! Die finde ich mega süß.« Ich versuchte sie in den Kniekehlen zu kitzeln.

Manchmal lenkte ich sie damit ab und sie lachte. Aber meist jammerte Freja: »Ja, aber meine Haut bleibt immer weiß, Akofa. Braun wird sie nie. Eher verbrennt sie und wirft schmerzhafte Blasen.« Anfangs war meine Süße eifersüchtig auf *Die Schönen Beine*.

Später ist sie nur noch dankbar für ihren eigenen Körper. Genau wie ich. Mit unseren unperfekten Beinen können wir durch einen warmen Sommerregen rennen, mit Kindern Seil springen, mit dem Rad einen steilen Berg hinuntersausen, auf einem rauschenden Fest bis zum Morgengrauen tanzen, in einem See auf dem Rücken schwimmen oder in wilder Ekstase den geliebten Körper leidenschaftlich umschlingen ... Besonders dankbar sind wir dafür, dass es unsere Beine noch gibt. *Die Schönen Beine* sind inzwischen längst von Maden und Würmern zerfressen. Verfault und verwest. Zu Erde geworden. Der Tod besiegte sie, aber war er nicht besser als ihr Leben?

Zwei Tage nach dem Hyperstymulationssyndrom ist meine Liebste fahrtauglich. Es reicht zumindest, um im Beifahrersitz zu hängen. Ich fahre ohnehin lieber. Wir gönnen uns ein besonders schönes Hotel. Doch von den Dingen um uns herum nehmen wir nun keinerlei Notiz. Ich darf meine Angebetete zur Operation begleiten. Wir werden getrennt voneinander vorbereitet. Ich bekomme einen OP-Kittel, dessen Knöpfe sich auf dem Rücken befinden. Wie zur Hölle soll ich die bitteschön alleine schließen? Ich setze eine grüne Haube über meine Haare. Und nehme den weißen Mundschutz. Ich warte in einem kleinen Raum ohne Fenster. Er ist weiß gekachelt und mit einer grellen Neonlampe an der Decke ausgeleuchtet. Es gibt ein Waschbecken, daneben einen Seifenspender und Desinfektionsmittel. Dann noch eine Pritsche, auf die ich mich setze. Das war's. Es dauert ewig. Ich sorge mich um Freja. Ich kann nicht stillsitzen.

Ich stehe auf und drehe Runden um die Pritsche: 1, 2, 3, boah, ist das stickig hier drin! Ich kann nicht mal ein Fenster öffnen. 4, 5, 6, 7, 8, ich verschränke die Hände beim Gehen hinterm Rücken. So wie ich es manchmal bei *Weißen Kitteln* beobachtet habe. 9, ich kralle meine Fingernägel so fest ich kann in meine Hände, bis ich den Schmerz nicht mehr aushalte. 10, 11, 12, was machen die bloß so lange? 13, 14, 15, 16, 17, ich bekomme immer schlechter Luft. Mein Hals fühlt sich wie zugeschnürt an. Ich ängstige mich um Freja. 18, Panik steigt in mir auf. Ich frage mich: *Akofa, wenn du schreist, hört dich dann jemand?* Wieso gibt es keinen Alarmknopf, den ich drücken könnte? 19, 20, 21, gibt es in Kliniken nicht vorschriftsmäßig in jedem Raum einen

Alarmknopf, den man im Notfall drücken kann? 22, vielleicht ist das in Kinderwunschkliniken anders? 23, 24, 25, ich könnte die Scheibe des Knopfes für Feueralarm einschlagen. 26, ich sage mir: *Wenn nicht gleich jemand kommt, Akofa, machst du das!* 27, 28, 29, 30: *jetzt!*

Die Tür fliegt auf. »Okay, let's go!«, sagt *Der Weiße Kittel* gut gelaunt und stürmt durch den kleinen Raum weiter in den OP. Freja liegt noch bleicher als des Nachts auf einem Gynäkologenstuhl. Keine einzige ihrer widerspenstigen rotblonden Locken schafft es, sich durch die grüne OP-Haube zu drängen. Ich versuche ihr aufmunternd zuzulächeln. Doch ich spüre, wie sich mein Gesicht zu einer Grimasse verzerrt. Meine Angebetete versucht ihre Tränen zurückzuhalten, aber ich sehe sie in ihren Augen schimmern. Meine arme Kleine! »Es geht ganz schnell! Ich entnehme die Eizellen durch die Vagina«, sagt *Der Weiße Kittel*. Ein zweiter *Weißer Kittel* misst Frejas Blutdruck und den Puls. Dann drückt er ihr eine Atemmaske aufs Gesicht. Mit einem quiekenden Aufstöhnen erschlafft Frejas Körper. Für einen Augenblick spüre ich meine Beine nicht und glaube zusammenzusacken. »Sit down!«, befiehlt mir *Der Weiße Kittel* lachend. Er kann 15 reife Eizellen bergen. Es geht zum Glück wirklich schnell und dauert nur rund zehn Minuten. Dann entfernt *Der Zweite Weiße*

Kittel die Atemmaske und es kehrt langsam Leben in den Körper meiner Geliebten zurück. Im Labor verschmelzen die Eizellen mit dem Samen des Spenders, wir entscheiden uns für einen, der zwar seinen Namen preisgibt, aber keine Begegnung mit dem Kind will. Wir wollen ebenfalls keinen Kontakt. Unser Kind kann mit 18 Jahren selbst entscheiden, aber ist das nicht irgendwie feige?

Dreizehn Eizellen erreichen das Vorkern-stadium. Damit beginnt die Befruchtung. Aus den Keimzellen bildet sich der Vorkern. Er ent-hält den halben Chromosomensatz meiner Frau. Zur anderen Hälfte den des Spenders. Ich bin genetisch nicht an unserem Kind beteiligt. Ob mich das stört? Nein! Ich bin nicht darauf aus, meine Gene fortzupflanzen. Ich will *Mutter* sein. Es war immer klar, dass meine Liebste unsere Kinder bekommt. Wir finden es beide befremd-lich, wenn Frauen begeistert ausrufen: »Oh wie toll, wenn ihr zwei Mütter seid, dann könnt ihr ja immer abwechselnd ein Kind bekommen! Oder noch besser: beide gleichzeitig! Und zusammen auf der Couch liegen. Euch über eure Wehweh-chen austauschen und das erste Jahr gemeinsam in Elternzeit verbringen!« Geradezu verstörend sind Bemerkungen wie: »Warum tut ihr euch das mit der künstlichen Befruchtung überhaupt an? Einmal mit 'nem Kerl in die Kiste zu hüpfen, da ist doch nichts dabei! Ist doch für 'nen guten Zweck, hahaha.«

Ich höre solche verletzenden Bemerkungen seit meinem 17. Lebensjahr!!! Ich vertraute meiner Mutter damals an: »Ich bin in ein Mädchen verliebt.« Völlig unvermutet traf sie mich mit einem Messerstich direkt ins Herz, als sie antwortete: »Mir wär's lieber, du wärst tot!«

Später rechtfertigte sie sich, indem sie sagte: »Ich dachte damals, ich bekäme niemals Enkelkinder.« Diese Wunde schmerzt bis heute ... Aber ist meine Mutter nicht auch irgendwie zu verstehen?

Meine wilden Zeiten als kampflustige Feministin sind vorbei, aber ich habe einfach zu viele Schmerzen erlitten! Und Schmerz macht böse ... Daher sage ich heute bei solchen Kommentaren: »Fuck the System!« Ich bin davon überzeugt, dass *jeder* Mensch von Geburt an bisexuell ist! Begehren entsteht im *Kopf*. Die Leute haben aus meiner Sicht ein Problem mit gleichgeschlechtlicher Liebe, weil sie sie nie ausprobieren. Sie sind zu verklemmt, haben Angst vor Stigmatisierung, Diskriminierung, Gewalt oder gehen einfach nur den bequemeren Weg ... Ich glaube, nur bei den allerwenigsten ergibt es sich einfach nie im Leben. So wie es natürlich auch Menschen gibt, die immer ungewollt Single bleiben.

Ich finde Männerkörper durchaus attraktiv. Ich

kann auch verstehen, warum sich Frauen – und by the way auch Männer! – Bilder mit Sixpacks an die Wand hängen. Ich ritt mal in einem Pferdestall auf Island, der mit männlichen Pin-ups tapeziert war, die alle mit einem sehr muskulösen Hengst posierten. Reitend in der Prärie, mit Wandergepäck auf Island, angespannt beim Springen ... Das waren gut gemachte, hochwertige Fotos, tolle Landschaften, beeindruckende Pferde und schöne Männerkörper. Die ganze Boxengasse hing voll mit den Dingern im A3-Format. Auf kalk getünchtem Gemäuer, umrahmt von hundert Jahre alten Holzbalken, das hatte Stil! Ich stehe aber auch auf Frauenkörper mit Kurven, großen Busen, prallen Hintern, flachen Bäuchen, langen Beinen, runden Hüften ... Finde ich unendlich schön! Gar nicht ausstehen kann ich dagegen männliche Frauenkörper, Bitches in Pornoposen und pubertäre Frauen um die 30 Jahre, von denen die Insta-Accounts voll sind ...

Die Männer, die ich küsste, steckten mir entweder sofort ihre Zunge in den Hals, steif wie 'nen Schwanz, oder sabberten und trieften. Der Sex war ohne Hingabe, Sinnlichkeit oder Erotik, stets aufs Kommen fixiert, aufs Penetrieren, Dominieren, selbstvergessen, bestenfalls langweilig, gerne übergriffig, meistens frustrierend. Aber vielleicht hatte ich einfach nur Pech?

Frauen machen mich mit 'nem Kuss feucht.

Schaffen es, meine Brust so zu küssen, dass ich komme. Aber ich *liebe* die Seele eines Menschen! Egal, ob Mann oder Frau. Bei allem anderen geht's um gesellschaftlich erlernte Einstellungen. Nicht der Homophobe ist krank, sondern die Gesellschaft, die ihn erzeugt!

Obwohl ich gerne ein Baby will, kenne ich dieses allesverschlingende Verzehren danach nicht. Ich wuchs mit einem Bruder auf. Ohne ihn wäre meine Kindheit langweilig gewesen. Es zählt zu meinen schönsten Kindheitserinnerungen, wie Amari essen lernte. Er saß in seinem Hochsitz und haute vergnügt mit dem Löffel in seinen Brei. Er spritzte bis zur Wand! Dort zeichnete er neuartige Muster und Matschblüten. Abends saß ich an seinem Bett und sang: »Die Katze tanzt allein.« Er bettelte mich jeden Abend aufs Neue an. Selbst, als er schon acht Jahre alt war. Er schenkte mir damit das Gefühl, grenzenlos geliebt zu sein. Oder wie er meinen Namen *Akofa* aussprach: »Gaga«. Wie wunderbar! Als er älter war, steigerte er es noch, indem er liebevoll »Gagachen« sagte. Aber es gab auch Streit und Amari lauerte mir – ungelogen! – mit einem Messer hinter der Tür auf. Er stellte mir absichtlich ein Bein, damit ich fiel. Anschließend tat er so, als hätte ich ihn gehauen. Er feixte hinter dem Rücken unserer Eltern, wenn ich Ärger bekam statt Trost.

Trotz meines *Geschwistermonsters* war ganz klar, dass ich mir eines Tages seinetwegen ebenfalls Kinder wünsche. Ich liebe sie, ihre Unverdorbenheit, ihre Verdorbenheit, ihren anderen Blick auf die Welt, ihre neue Sicht auf alles. Dass ich als Frau mit einer Frau zusammenlebe, macht meinen Kinderwunsch vielleicht etwas komplizierter, aber ich schloss ihn trotzdem zu keinem Zeitpunkt aus.

Wir suchen nach Namen für unser Baby: Lillith, Ben, Inga, Ole, Marie, Lasse, Mia, Linus, Kerstin, Rasmus, Lilli, Mads und Ida. Vier prächtige Achtzeller reifen zu Embryonen heran. Zwei davon setzt *Der Weiße Kittel* in die Gebärmutter meiner Frau ein. Sie ist diesmal bei Bewusstsein. Ich halte ihre Hand und wir verfolgen alles auf einem großen Monitor, der direkt unter der Decke befestigt ist. Ida und Linus! Sofort durchströmt uns ein Gefühl der Rührung und Liebe. Ich rede mit Frejas Bauch wie zu einem Baby. Der Bluttest zeigt, dass Ida und Linus es nicht schafften. Trauer. Meine Liebste verlor unsere Babys …

Einen Zyklus später versuchen wir es erneut. Nach einem halben Monat täglicher Spritzen in den Bauch: grüne, gelbe und blaue Verfärbungen.

Sie laufen ineinander. Der Künstler hat keinen Platz mehr auf der Leinwand, um weitere Farben aufzutragen. Meine Angebetete bricht ab. Sie hat Albträume. Angst, dass es wieder nicht klappt. Das Gefühl, die Hormone stimmen sie depressiv. Ich arbeite viel, zu viel. Freja versucht es wieder. Elf befruchtete Eier ließen wir einfrieren: Lillith, Kerstin, Ben, Inga, Ole, Marie, Lasse, Mia, Rasmus, Lilli und Mads. *Der Weiße Kittel* entscheidet, vier Eier aufzutauen. Kerstin, Ben, Inga und Ole. Die beiden Vitalsten setzt er ein. Inga und Ben. Was wird aus Kerstin und Ole? Mord? Die Chancen bei aufgetauten Embryonen sind geringer. Wir machen uns große Hoffnungen. Schwanger! Wir bekommen ein Baby. Ein *Baby*! Inga schafft es, Ben nicht. Wir trauern um Ben und sorgen uns um Inga.

Meine Liebste hat in den folgenden Wochen häufiger ein starkes Ziehen im Unterleib. Sie fürchtet sich wahnsinnig, Inga zu verlieren. Sie macht keinen Sport mehr und liegt meist auf dem Sofa. Sex haben wir schon vorher nicht mehr gehabt. Erst der Termindruck, dann ein ärztliches Verbot während der Behandlung und nun die seelische Belastung ... Wir sind seit längerer Zeit kein Liebespaar mehr, obwohl wir uns natürlich lieben. Aber jegliche Leichtigkeit ist verloren gegangen. Jedes gemeinsame Fliegen. Jede Unbeschwertheit. Es gibt keinen

Raum für ein erneutes frisch ineinander Verliebtsein. Ich würde sooooo gerne mal wieder was unternehmen. Berauscht tanzen. Eine ganze Nacht lang, bis es morgens dämmert. In aller Öffentlichkeit hemmungslos knutschen. Die Blicke anderer Frauen und Männer bewundernd auf uns spüren. Freja auf der Straße an eine Hauswand pressen, ihren kurzen Rock hochschieben und ihre Feuchte spüren. Vor ihr auf die Knie fallen. Sie mit der Zunge verrückt machen. Sie heftig und laut kommen hören ...

Doch es gibt nur noch unser wichtigstes gemeinsames *Ziel*. Nähe, ein Gefühl der Unbesiegbarkeit, des Begehrens und Verlangens sind in unserer Beziehung komplett erloschen. Ich überrede Freja, zu einer Hochzeitsfeier mitzukommen. Ich hoffe, es bringt sie auf andere Gedanken. Sie sitzt nur rum und isst nichts, weil es das Falsche sein könnte ... In der sechzehnten Schwangerschaftswoche Blutungen. Die Sprechstundenhilfe beruhigt uns, dass dies nichts zu bedeuten habe. Sie gibt meiner Liebsten einen Notfalltermin. *Der Weiße Kittel* macht ein Ultraschallbild: Fehlgeburt.

Wir verzweifeln. Wir trauern unendlich. Freja ist depressiv. Sie fällt immer tiefer in ein Loch. Den Kinderwunsch aufzugeben, kommt nicht mehr in Frage. Wir sind schon zu lange dabei. Wir schauen nach Adoptionen. Obwohl meine

Eltern mich und meinen Bruder ebenfalls adoptiert haben, erscheint es uns auf diese Weise noch aussichtsloser ein Kind zu bekommen. Die bürokratischen Hürden zu überwinden, scheint schier unmöglich. Ein Pflegekind mit Aussicht auf eine Adoption bei uns aufzunehmen, trauen wir uns nicht. Ein Klassenkamerad von mir und dessen Bruder waren Pflegekinder. Ihre leibliche Mutter war ein Junkie. Als sie clean war, wollte sie ihre Jungs zurück. Die Kinder lebten zu diesem Zeitpunkt schon viele Jahre bei ihren Pflegeeltern. Das Jugendamt ordnete Besuche an. Im Beisein eines Sozialarbeiters. Es gab juristische Auseinandersetzungen vor Gericht. Sie zogen sich endlos hin. Die Jungs blieben bei ihren Pflegeeltern, die sie am Ende adoptierten. Der jüngere Bruder zerbrach an seinem Leben. Aber war seine biologische Mutter nicht auch zu verstehen?

Ich schlage Freja mitten im Februar vor, drei Wochen nach Ghana zu fliegen. Sie war noch nie dort. Wir wollen uns die Natur anschauen. Den *Mole*-Nationalpark im Norden mit seiner klassischen Savannenlandschaft sowie den *Kakum*-Nationalpark, der durch seine Lage in der Nähe des Touristenzentrums *Cape Coast* bekannt ist. *Kakum* bietet mit seinen in den Baumwipfeln gespannten Hängebrücken in Afrika eine einzigartige Attraktion. Wildhüter bringen den Besuchern verschiedene Tiere, Pflanzen und deren Wert für die traditionelle Medizin näher. Ganz besonders gehen sie dabei auf Heilmittel ein, die Frauen fruchtbarer machen. Als meine Angebetete das hört, badet sie einen Tag lang statt im Meer in Tränen. Die Sonne scheint strahlend. Die Vögel geben exotische Töne, Melodien und Lieder von sich. Handteller-große Schmetterlinge in Rot, Orange oder Violett flattern leicht und anmutig herum. »Mein Glück ist wie ein Schmetterling, ich habe es vor Augen, aber es lässt sich nicht fassen«, sinniert meine Liebste.

Ich leihe mir ein Surfbrett und probiere mich an den Wellen. Die Warnungen unserer Wirtin ignoriere ich. Doch innerhalb kürzester Zeit verstehe ich, was sie meint. Die Strömung ist gigantisch. Es klappt ganz gut, dass ich mit dem Board über die Wellen hinaus ins tiefe Wasser gelange. Und auch abzuschätzen, welche Welle sich zum Aufstehen eignet, habe ich schnell raus. Aber ich kippe sofort vom Board, wenn ich versuche, mich hochzudrücken und die Beine durchzustrecken. Ich fühle mich wie in einer Waschmaschine beim Schleudergang, weiß weder wo oben noch unten ist. Werde über den Meeresboden geschleift und tauche irgendwann völlig woanders wieder an den Strand gespült auf. Es macht mega Spaß, aber jedes Jahr sterben Touristen im trügerisch türkisblauen Meer.

Drei Tage badet meine Süße diesmal in Tränen, als sie sich vorstellt, sie könne auch noch mich verlieren. Sie erteilt mir lebenslanges Surfverbot. Ich empfinde den Urlaub dadurch gleich als zwei Ligen unattraktiver. Freja kauert sich in ihrer Hängematte zusammen wie ein Fötus. Im tropischen Regenwald sind die in den Ökoresorts en vogue. Ein Moskitonetz schützt vor den zahllosen unliebsamen Insekten. Außerdem sieht es romantisch aus. Am Strand darf ich nicht mehr unter Kokospalmen liegen, denn meine Angebetete wartet mit ihrem neu erlangten Wissen auf: »Es sterben mehr Touristen durch eine herabfallende Kokosnuss als durch Haiattacken.«

Ghana ist ein Eldorado für Schildkröten-Liebhaber. Sowohl im Osten als auch im Westen rund um *Cape Three Points* kommen zwischen Oktober und Januar sehr viele Schildkröten zur Eiablage an den Strand: die *Grüne Meeresschildkröte*, die *Oliv-Bastard-Schildkröte* und die größte aller Meeresschildkröten, die *Lederschildkröte*. Doch selbst diese können meine Liebste nicht begeistern. *The Green Ranch* bietet Reittouren an. Die Lage am See *Bossomtwe* ist spektakulär und ruhig. Doch ich kann Freja nicht dazu überreden, zu reiten. Am Abend unternehme ich einen langen Spaziergang am See, das hat sie mir bisher zum Glück noch nicht verboten. Natürlich mag sie nicht mit und ich gehe allein. Meine Angebetete verbringt währenddessen einen Abend mit einer netten, jungen, wahnsinnig gutaussehenden Frau und trinkt Rotwein. By the way: Ich dürfte mir so etwas nicht erlauben! Aber die junge Schöne preist Geschichten über Affen an und nun will meine Liebste doch einen Ausritt wagen. Wein, Kerzenschein und Geschichten einer hübschen Frau ... Schwamm drüber!

Ich bin einfach nur froh, dass Freja bereit zu sein scheint, ihre Trauer und Lethargie hinter sich zu lassen. Am nächsten Morgen starten wir bereits um fünf Uhr früh. Wir satteln im Dunkeln unsere Pferde. In Taschen verstauen wir unseren Proviant: Fufu, heißen Tee in Thermoskannen sowie Kochbananen. Als wir im Schritt losreiten, fühlen wir uns noch sehr aus der Übung. Unser Guide schlägt auch direkt einen Pfad durch hohes Gras, bergauf und mit zahlreichen quer über den Weg liegenden Baumstämmen ein. Ich bin mir nicht mehr sicher, ob es eine gute Idee gewesen ist, als ich diese Tour gebucht habe. Unser Guide zeigt links und rechts auf Bäume, in denen angeblich Affen sitzen. Wir sehen nichts. Doch nach einer Stunde fühlen wir uns sicherer im Sattel und wir entdecken den ersten der mittlerweile rund 25 gezeigten Affen. Ein wenig später: »Oh wie süß, Akofa, die Affenmama mit ihrem Baby im Arm!« – Freja. Beim Wort *Baby* zucke ich zusammen, als hätte mich ein Stromschlag getroffen. Ich fürchte, meine Süße bricht wieder in Tränen aus oder verfällt in ihre Lethargie. Aber nein, sie ist bestens gelaunt.

Abends beim Glas Rotwein und Kerzenschein mit *mir* schlägt sie vor: »Lass uns doch am Drei-Tages-Ausritt teilnehmen. Ich glaube, es tut uns gut, Akofa.« *Höre ich richtig?* »Meinst du wirklich?«, wende ich vorsichtig ein. »Wir müssen in Zelten übernachten, die nicht so luxuriös sind wie in diesem Resort. Und der Norden ist auch nicht so sicher wie das Küstengebiet ...« Meine Liebste lacht so glockenhell, wie sie es tat, als wir frisch verliebt waren. Sie wirft ihren Kopf in den Nacken, so dass ihre rotblonden Locken tanzen. Da ist es: Ich verliebe mich erneut in sie! Ich habe wieder das Gefühl, unsere Liebe macht uns unbesiegbar.

Wellenliebe

Die Unbeugsame

Ich schlage einen Haken und arbeite als Presse-
frau verschiedener Umweltorganisationen. Die
Arbeit macht Spaß, ist interessant und gut be-
zahlt. Für ein paar Jahre vermisse ich nichts.
Zwar verfasse ich Pressemitteilungen, schreibe
Reden oder entwerfe Broschüren zu einzelnen Umweltthemen, aber das Schreiben rückt
immer weiter in den Hintergrund. Kreativ ist
daran nichts ...

Zum Ende von Frejas Schwangerschaft erhöhe
ich die Stunden meiner Haushaltshilfe auf
sechs pro Woche. Es reicht immer noch nicht ...
Irgendwann fragt sie mich, ob wir ein Baby erwarten. Es ist nicht nur ihre erste an *mich* ge-
richtete Frage, es ist die erste persönliche An-
rede überhaupt. Als ich bejahe, ändert sich ihre
Körpersprache komplett. Sie strahlt über's ganze
Gesicht, als sie auf Englisch sagt: »Ah, das habe
ich schon geahnt. Eine Mutter spürt so etwas
mit dem Herzen.« Sie breitet ihre Arme aus und
drückt mich an sich. Ihre Augen funkeln. Von

nun an fragt sie mich jedes Mal nach dem Baby und hält einen kleinen Plausch. Sie ist gut gelaunt. Ihre Gegenwart stört mich nicht mehr. Als ich mit Freja in einem Taxi unter Wehen ins Krankenhaus zur Entbindung fahre, wünscht sie uns viel Glück. Sie ruft immer wieder: »God bless you, Freja!« Dabei wirft sie uns Kusshändchen nach und rührt mich. Freja, die in ihrem Zustand ohnehin nahe am Wasser gebaut ist, lässt ihren Tränen freien Lauf. Der Taxifahrer versucht sie aufzumuntern: »Kindchen, das wird schon alles gut gehen! Ich habe so viele Frauen ins Krankenhaus gefahren und wir kamen nie zu spät. Ich gebe Gas!« Was folgt, lässt meine Nerven, die einem seidenen Faden gleichen, fast reißen.

Emma, Lukas, Ella, Carl, Lo, Oscar, Matilda, Malte, Frekka, Emil, Lea, Sigurd, Naja, Theo, Mynte, Johan, Bente, Magne, Liv, Mikkel, Rosa, Arthur, Astrid, Anton, Frida, Frederik, Matti, Aksel, Aya und Tore schafften es nicht.

Aber jetzt bekommt meine Liebste ein Baby. *Wir* bekommen tatsächlich ein Baby!

Es ist eine Spontangeburt. Für die Laien unter den Leserinnen und Lesern: Das bedeutet: ohne Schmerzmittel. Und für die werdenden Väter und Mütter, die planen Händchen zu halten unter der Geburt: Man kann sich solche Schmerzen nicht vorstellen. Selbst der schlimmste Splattermovie hält da nicht mit! Und nein, es ist überhaupt nicht in Ordnung, dass die Hebammen einen im Vorbereitungskurs glauben ließen, man könne *irgendetwas* davon wegatmen. Das ist der blanke Hohn! Und warum gibt es eigentlich keine männlichen Geburtsbegleiter?

Also gerade als ich denke, meine Liebste stirbt jetzt endgültig – ich glaubte das schon gefühlte 20 Presswehen zuvor, da ist er auf einmal da. Er liegt mit spitz geformtem Köpfchen, blau angelaufen in meinen Händen. Hatte die Hebamme ihn dort hingelegt? Ich nehme alle Verwünschungen zurück! Das Körperchen ist mit Schrammen übersät. Winzig, hilflos, göttlich liegt er da. Ich erlebte nie etwas Schöneres. Alles um uns herum ward still. Eine Welle der Liebe wogt von meinem Herzen ausgehend durch meinen Körper und erfüllt meinen Kopf. Ich fliege. Dieser Moment ist ewiglich. Er überstrahlt in goldenem Licht mein ganzes bisheriges und mein ganzes künftiges Sein. Alles ist gut. Alles ist unsterblich. Alles ist Liebe. Wow, die Geburt unseres Sohnes ist die krasseste Droge der Welt.

»Gehen Sie bitte zur Seite. Ich habe den Kinderarzt dazu geholt. Ihr Sohn hat leichte Anpassungsstörungen. Er soll ihn untersuchen, um zu entscheiden, welche weiteren Maßnahmen eventuell nötig sind.« *Der Weiße Kittel* schiebt mich unsanft zur Seite. Bäng! Direkter Absturz aus dem Himmel ohne Fallschirm. Bruchlandung mit Totalschaden. Anpassungsstörungen? »Ich mache einen Test. Wenn sein Sauerstoffgehalt im Blut zu gering ist, müssen wir ihm Sauerstoff über eine Maske zuführen. Nur um ihn zu unterstützen.« *Der Weiße Kittel* scheint zu wissen, was er tut. Sein Ton duldet keinen Widerspruch. Ein Weinkrampf schüttelt meine Süße. »Mein Baby! Nein, nicht mein Baby. Bitte, ihr dürft mir mein Baby nicht wegnehmen, Akofaaaaaa«, schreit sie haltlos. Ich bekomme keine Luft mehr. 0, 1, 2, 3, 4, ich kann mich nicht mehr bewegen! 5, 6, 7, ich bin völlig erstarrt! 8, warum nimmt keiner Notiz von mir? 9, 10, 11, 12, 13, bin ich tot? Ich höre nichts. Ist Freja gestorben? Ich fühle nichts. Ist unser Baby tot? Unser Baaaaaaabyyyyyyy ... »Neiiiiiiiiiiiiin!« – alles um mich herum wird schwarz. Stille. Stille. Stille.

»Na, sie sind ja eine tolle Hilfe!« *Ein Weißer Kittel* beugt sich über mich. Ich drehe den Kopf nach rechts. *Ein Anderer Weißer Kittel* näht die Risse meiner Frau an ihren empfindlichsten Stellen. »Ihr Sohn hat lediglich leichte Anpassungsstörungen. Und sie fallen in Ohnmacht?« Der Ton *Des Weißen Kittels* klingt verächtlich! Ich verachte mich auch. Er liegt zwei Tage auf der Babyintensivstation. Mit Atemmaske. An zahlreichen

Schläuchen und Kabeln. Sie sind verbunden mit ständig piependen Geräten. Sie ängstigen uns. Es schmerzt uns. Es sind *nur zwei Tage*! Also Ende gut, alles gut! Es waren die schlimmsten beiden Tage unseres Lebens.

Zur Erfüllung ihres Kinderwunsches ließen *Die Schönen Beine* das Gleiche über sich ergehen wie meine Süße. So lernten wir uns kennen und befreundeten uns. *Die Schönen Beine* erwarten ein Mädchen. Doch wir hören nichts und sie sind längst über den Termin. Kein Lebenszeichen. Sie hätten sich melden müssen! Selbst für den Fall, dass die Entbindung mit Komplikationen verbunden gewesen wäre ... Als wir uns Monate später zufällig treffen, frage ich unsere Freundin stumm. Sie schließt die Augen und nickt. Der Tod stahl ihr Kind.

//// BABY

SIE WILL SO GERN NOCH EIN BABY/ SIE TRÄUMT VON WINZIGEN FINGERCHEN UND FÜSSCHEN/ IN DEM AUGENBLICK/ IN DEM ES GEBOREN IST/ WÜNSCHT SIE ES SICH VON GANZEM HERZEN/ SIEHT SIE ES BEREITS/ LIEBT SIE ES BEREITS/ ICH NICHT/ DAMIT STIRBT UNSERE LIEBE/ DAMIT STIRBT ES/ ICH TÖTE ES/ SIEBEN SIND ES NOCH/ SIEBEN PRÄCHTIGE/ SIEBEN PAAR WINZIGE FINGERCHEN UND FÜSSCHEN/ DER SCHMERZ/ UNENDLICH/ ZERSTÖRERISCH/ ABER

WIR HABEN DOCH EINS?/ WIESO DAS NICHT
EINFACH LIEBEN?/ WIESO NOCH EINS WOLLEN?/
SEHNEN …/ WÜNSCHEN …/ WENN DAS DOCH SO
VIEL IST/ MANCHMAL SOGAR ZU VIEL IST/ ICH
VERSTEHE DICH NICHT/ DU LEBST DAS DOCH GAR
NICHT/ SEI DOCH ZUFRIEDEN/ MIT DEM, WAS DU
HAST/ DU HAST SO VIEL/ WIR HABEN SO VIEL/
MEHR ALS VIELE ANDERE/ MANCHMAL SOGAR
MEHR ALS ALLE ANDEREN/ MANCHMAL SOGAR
VIEL ZU VIEL …

Nachdem Freja entlassen worden ist, schickt uns
die Agentur zum ersten Mal eine Vertretung. Es
ist ihre Nichte. Ich erfahre den Vornamen meiner Hilfe, den englischen: *Alice*. Den afrikanischen verrät mir ihre Nichte nicht, dafür aber
Alices Geschichte:

Sie bekam zwei Kinder in Ghana, einen Jungen und ein Mädchen. Ihr Ehemann verließ sie
kurz nach der Geburt des zweiten Kindes und
ließ sich nie wieder blicken. Alice war allein-
erziehend, arbeitete viel und hart, um ihre Familie zu ernähren. Aber es reichte nicht, um die
Kinder auf eine weiterführende Privatschule
zu schicken. Alice wollte, dass aus ihnen mal
etwas wird, im Gegensatz zu ihrer Mutter. Als
ihr Sohn 14 Jahre alt war und ihre Tochter zwölf,
ging Alice nach Europa. Zahlreiche ghanaische
Verwandte wanderten über Accra nach Italien

aus. Daher war es Alices erster Anlaufpunkt. Alices Mutter versprach, gut auf ihre Enkel aufzupassen. Ein paar Familienmitglieder zog es weiter von Italien nach Schweden. Dort gab es gerade einen richtigen *Run* nach Haushaltshilfen. Wer ein konkretes Arbeitsangebot nachweisen konnte, erhielt eine Aufenthaltserlaubnis. Alice nahm eine Stelle in Stockholm an und kam bei Verwandten unter. Am Rande der Stadt gab es günstigen Wohnraum. Zu ihrer Arbeit brauchte sie jeden Tag über eine Stunde hin und noch mal wieder zurück. Die Stadtteile mit der wohlhabenden Kundschaft lagen nicht um die Ecke. Sie kam nicht ein einziges Mal auch nur fünf Minuten zu spät. Sie war nie krank. Sie nahm nie Urlaub. Sie beschwerte sich nie. Als ihr Sohn 16 Jahre alt war, starb er an einer Überdosis. Aus diesem Grund erschien Alice zum ersten Mal nicht zur Arbeit ...

Ich frage ihre Nichte, wann die Beerdigung sei und wie lange Alice in Ghana ist. Sie schüttelt stumm den Kopf. Alice werde nicht hinfliegen. Die Flüge seien so kurzfristig zu teuer. Sie wolle das Geld lieber für ihre Tochter sparen.

In der darauffolgenden Woche steht Alice wieder um sechs Uhr bei uns im Haus und arbeitet, ohne den Tod ihres Sohnes zu erwähnen. Ich weiß, dass sie uns damit nicht belasten will. Die Demut und Tapferkeit dieser anfangs so stummen Dienerin treiben mir Tränen in die Augen. Sie verließ ihre Kinder, damit sie ein besseres Leben haben als sie selbst! Nun scheint dieses Opfer vergebens ... *Akofa, wie tragisch ist das denn bitte?!!*

Aber Alice kämpft trotzdem weiter klaglos für ihre Tochter. Ich fahre Geld holen und drücke es ihr für den Flug in die Hand. Wir schauen uns in die Augen. Ich sehe ihren Schmerz, ihre Trauer, sie scheint greifbar zwischen uns. Wir umarmen uns. Wir weinen stumm ...

***** Trauer

Trauer, nicht für meine Kinder da zu sein.
Trauer, nicht mit ihnen glücklich sein zu können.
Trauer, dass sie so schnell gross werden und ich sie nicht geniessen kann.
Trauer, nicht die Mutter zu sein, die sie verdienen — und ich.
Trauer, die Liebe nicht fliessen lassen zu können und alle Dämonen zu besiegen, alles was dunkel, dreckig, armselig, verabscheuungswürdig ist und auf die Bedürftigkeit des Menschseins reduziert, das Göttliche suchend, das Göttliche sehnend.

Freja geht nur wenige Wochen nach der Geburt unseres zweiten Babys wieder arbeiten und verbringt den ganzen Tag im Gericht. Duplo verteilt sich überall bei uns auf dem Fußboden. Eines Tages stolpere ich so sehr darüber, dass ich mir den Fuß breche. Ich schimpfe mit mir selbst: *Akofa, auch das noch! Hast du nicht schon genug mit zwei Kindern zu tun?*

Ich trage ständig einen Gips, zwei Mal wegen eines gebrochenen Fußes, dann nach einer OP zur Behebung meines Karpaltunnelsyndroms, erst links, dann rechts … Dazu schleppe ich inzwischen ein Baby vor der Brust und ein Kleinkind auf der Hüfte. Ich schlafe nie. Weder meine Mutter noch meine Schwiegermutter helfen mir … Alice kämpft sich singend, lachend und tanzend durchs Chaos. Meine zwei lieben sie. Ich sage ihr nie wieder, was sie zu tun hat. Sie weiß es ohnehin besser. Als meine Kleinen eines Tages besonders viel weinen, ich nicht dazu komme, zu essen, Zähne zu putzen oder mich anzuziehen, und Frejas Brust nicht so viel Milch gibt wie unser Baby es gerne hätte, beginnt sie sich zu entzünden und Freja kann nicht mehr abpumpen. Doch die Hebamme ist im Skiurlaub … Die Kinder brüllen immer lauter, unser Sohn ist krank und kann deshalb nicht in die Krippe zur Eingewöhnung. Als er sich komplett vollgekackt hat, spüre ich heiß die Tränen meine Wangen herunterlaufen. Mich schüttelt ein Weinkrampf, ich breche auf dem Teppich zusammen, bin bis ins Mark frustriert ...

****** Frustriert**

Frustriert, über die Stapel von schmutzigem Geschirr mit zermatschten Essensresten verklebt, nach Erbrochenem ausschauend und stinkend;
frustriert, von überquellenden Mülleimern, bis hinter die Schublade, unter die Küchenzeile, im Nirvana verschwindend;
frustriert, vom Dreck auf dem Fussboden, den Krümeln, die sich zusammenschliessen, abseits der Hauptwege, sich zu Dünen formatieren wie saltierende Sandkörner im Lee in der Wüste der Sahara, zu gigantischen Sicheln anwachsend, lebensvernichtend alles unter sich begraben, verschlingen;
frustriert von voll gepiescherten Betten und vollgekackten Hosen;
frustriert, vom unerfüllbaren Wunsch nach einem Zuhause voll Ordnung und Struktur, Schönheit und Anmut, Heimeligkeit und Herzenswärme.

FRUSTRIERT, DASS ES KEINER LIEST, SICH DAFÜR
INTERESSIERT, DEN AUSTAUSCH SUCHT;
FRUSTRIERT, VOM NARZISSTISCHEN WERBEN, DEM
BETTELN UM ANERKENNUNG, DEM UNENDLICHEN
BUHLEN, UM GEHÖRT ZU WERDEN, DER
SEHNSUCHT, DIE EIGENE LIEBENSWÜRDIGKEIT
BESTÄTIGT ZU BEKOMMEN, UM GESEHEN ZU
WERDEN, DAS ZUR-SCHAU-STELLEN ZWISCHEN
BILLIGEN FLITTCHEN IN PORNOPOSEN UND
PUBERTÄREN, ZU TODE LANGWEILENDEN
LANDSCHAFTSFOTOS IN KAUF NEHMEND UND
NICHT EIGENTLICH KUNST SCHAFFEND;
FRUSTRIERT, MICH SELBST ZU QUÄLEN, MIR
ETWAS ANZUTUN, MICH SELBST ZU VERLETZEN
SO VIELE MALE DURCH DEN UNBEUGSAMEN
WUNSCH DES DAZUGEHÖREN-WOLLENS,
RESULTIEREND AUS DEM TRIEB DES ÜBERLEBEN-
WOLLENS;
FRUSTRIERT, DER *STIMME* NICHT GEWAHR
WERDEN ZU KÖNNEN, DEN *GESANG* EINES
TEXTES NICHT ZU VERNEHMEN, IHN NICHT
AUFZUSCHREIBEN, DIE LUST AUF BÜCHER UND
AUF'S LESEN ZU VERHEIMLICHEN;
FRUSTRIERT, VOM VERZWEIFELTEN KÄMPFEN,
UM RAUM ZU SCHAFFEN UND FREIHEIT FÜR
ENTFALTUNG;
FRUSTRIERT, VOM GLAUBEN, NIE WIEDER
SCHREIBEN ZU KÖNNEN UND IN EWIGEN
BLOCKADEN FESTZUHÄNGEN.

FRUSTRIERT, IN ALKOHOL UND SÜSSIGKEITEN
FLÜCHTEND, FRESSEND, SICH VOLLSTOPFEND, UM
SICH FÜR EINE SEKUNDE ERFÜLLT ZU FÜHLEN
UND WOHLIG;
FRUSTRIERT SCHLAFLOS ZWISCHEN ZERWÜHLTEN
LAKEN LIEGEND UND SCHNARCHENDEN
KINDERN, HÄNDEN, FÜSSEN, ARMEN UND
BEINEN, NEBEN, AUF, UNTER UND IN MIR;
FRUSTRIERT VON DER QUÄLENDEN
ANTRIEBSLOSIGKEIT BIS ZUR TODESSEHNSUCHT,
VERZWEIFELT WISSEND, DASS DIESE UNTÄTIGKEIT
DIE DEPRESSION VERSTÄRKT;
FRUSTRIERT, ÜBER DEN UNGESUNDEN,
FEINDLICHEN, ZERSTÖRERISCHEN
LEBENSWANDEL.

FRUSTRIERT, VOM VÖLLIGEN UNVERSTÄNDNIS, IN
EINEM ANDEREN SONNENSYSTEM LEBEND,
LICHTJAHRE VONEINANDER ENTFERNT, IN EINEM
MENSCHENLEBEN UNERREICHBAR;
FRUSTRIERT, GEFANGEN IN ENDLOSEN STREITS,
GEBRÜLL, HILFLOSIGKEIT, IM WEINEN UND
AUCH IN DER TYRANNEI;
FRUSTRIERT, DASS TROTZ ALLER MÜHEN LIEBE
NICHT FÜHLBAR IST, NICHT ERWIDERT SCHEINT,
NICHT ANZUKOMMEN VERMAG, UNERFÜLLT
BLEIBT, VERGEBLICH AUSSIEHT;
FRUSTRIERT VOM SCHMERZ, DER MIT DEM
LOSLASSEN VERBUNDEN IST, UNÜBERWINDBARE

GRÄBEN AUFREISSEND WIE AUS DEM NICHTS, PLÖTZLICH DALIEGEND WIE DER GRAND CANYON; FRUSTRIERT, VON FOTOS, DIE ÜBER JUGEND, SCHÖNHEIT, GLÜCK UND TRUNKENHEIT DES VERLIEBTSEINS SPOTTEN, MIT VERMEINTLICH FREMDEN PERSONEN, IN EINEM WEIT ENTFERNTEN LAND, MIT EINER ANDERN SPRACHE, EINER MYSTERIÖSEN KULTUR, AN VERSCHIEDENE GÖTTER GLAUBEND; FRUSTRIERT IM EHELEBEN FESTHÄNGEND.

FRUSTRIERT, SICH VERLIEREND IM UNENDLICHEN CHAOS AUS KINDERGESCHREI; GEZANKE, GEHEULE, EWIGEM KRANKSEIN UND PFLEGEN 24 STUNDEN AM TAG, 31 TAGE IM MONAT, 12 MONATE IM JAHR, EIN GEFÜHLTES LEBEN LANG, ZWISCHEN DEM WÄLZEN NICHT ENDEN WOLLENDER PROBLEME, ZU WENIG MAMA UND MAMI SOWIE ZU VIEL MAMA UND MAMI, NUR BABY SEIN KÖNNEN UND GROSS SEIN WOLLEN; FRUSTRIERT ÄRZTE UND THERAPEUTEN AUFSUCHEND, JAHRELANG, SCHEINBAR SINNLOS; FRUSTRIERT UND ZU TODE ERSCHÖPFT VOM MUTTERSEIN.

Ich weiß nicht, wie lange ich so daliege ... Plötzlich öffnet sich die Haustür. Alice steht vor mir. Es ist weder ihr Tag noch ihre Uhrzeit. »Akofa, are you okay?« Ich schluchze haltlos, unfähig, ein Wort hervorzubringen. Sie kniet nieder, legt meinen Kopf in ihren Schoß und beginnt zu singen. Dabei streichelt sie mir über's Haar. Meine Kinder beruhigen sich sofort und kuscheln sich an mich. Mein Körper entspannt sich, ich fühle mich geborgen. Alice sagt: »Ich hatte das Gefühl, dass du meine Hilfe brauchst, Akofa!« Dann steht sie auf, nimmt meinen Sohn an die Hand und geht mit ihm ins Bad. Ich kann sie lachen, scherzen und singen hören. Sie duscht ihn, zieht ihm frische Sachen an und legt ihm eine Zwiebelkompresse aufs Ohr. Dann bindet sie sich mein Baby im Tuch vor die Brust, nimmt meinen Sohn in der Tragehilfe auf den Rücken und reinigt in Windeseile die Küche. Mein Kleiner gluckst laut vor Freude.

Alice kommt mit einem Fläschchen in der Hand zu mir, das einen Sauger hat, der einer Brust nachempfunden ist, wie uns die Hebamme geraten hat. Ich kann so Frejas abgepumpte Milch füttern. Alice sagt: »Kindchen, es ist kein Versagen, einmal an einem Tag nicht genug Milch zu haben! In Ghana würde dann eine deiner Schwestern oder Schwägerinnen dein Baby stillen. Falls das nicht möglich ist, geben wir frisch gemolkene Ziegenmilch. Wir füllen sie in einen Trichter und lassen sie am kleinen Finger entlanglaufen. Diesen stecken wir in den

Mund des Babys. Danke Gott dafür, dass du es so weit nicht kommen lassen musst, Akofa! Ich habe etwas Kuhmilch mit abgekochtem Wasser verdünnt.« Sie lacht mich umwerfend an. Mein Baby trinkt gierig und fällt sofort in den Schlaf. Endlich! Zum ersten Mal an diesem Tag, schreit keines meiner Kinder ...

Die Schönen Beine haben Eierstockkrebs. Als *Die Weißen Kittel* den Tumor fanden, war er bereits walnussgroß. In ihrem Körper blühen Metastasen. In der Niere, der Leber, der Wirbelsäule, dem Darm ... *Die Schönen Beine* freuen sich, dass die Lunge nicht befallen ist. Als sie es mir erzählen, fragen sie mich: »Akofa, was trägt man zu seiner eigenen Beerdigung?« Ich weiß nichts zu erwidern. Sie erklären es mir und sich selbst so: »Wenn der Wunsch unendlich groß ist ... Wenn er jahrelang immer verzweifelter wird, wenn dein ganzes Sein nur noch aus diesem einen Wunsch zu bestehen scheint, dein Kopf mit all deinen Gedanken, dein Herz mit deiner ganzen Liebe, dein Körper mit jeder Faser, dann bist du bereit, Akofa, alles, wirklich *alles* zu tun! Auch, falls es Selbstmord wäre.«

Die Schönen Beine kämpfen ein Jahr lang gegen den Krebs. Jeden einzelnen Tag ist klar, dass sie keine Chance haben. Sie tun es aus Liebe. Sie tun es für ihre Zwillinge. Die sie nach der stillen

Geburt ihrer Tochter doch noch bekamen. Kurz sah es nach etwas aus wie einem kleinen Happy End. Doch als die Jungs vier Jahre alt sind, erhält sie die Diagnose. Nach einem halben Jahr Kampf gegen die unbesiegbare Krankheit sagt unsere Freundin: »Akofa, ich fühle mich wie der Tod auf Latschen. Ich kann nicht mehr. Gäbe es nur mich und meinen Mann, hätten wir dem schon längst ein Ende bereitet. Aber ich will wenigstens die Einschulung meiner Jungs erleben ...«

Ich frage sie: »Glaubst du an Gott?« Sie schüttelt den Kopf. »Meine Gynäkologin meinte, Gott würde mich prüfen. Ich *kann* nicht mehr glauben, Akofa. Nicht nachdem mein Mädchen starb und ich weiß, dass meine Jungs ohne Mutter groß werden müssen.«

Mehrmals in unserem Leben dachten Freja oder ich daran, unser Leben zu beenden. Der Gedanke hatte trotz aller Verzweiflung immer etwas Tröstliches. Wir lasen uns auf dem Gymnasium in Stockholm, als wir im Deutschunterricht *Hermann Hesse* durchnahmen, gegenseitig aus seinem Gedicht »Bruder Tod« vor:

»Und zu Ende ist die Qual,
Lieber Bruder Tod,
Komm, Geliebter, ich bin da,
Nimm mich, ich bin dein.«

Freja war damals meine Freundin. Ich wusste noch nicht, dass sie meine große Liebe sein würde. Wir rauchten *Gauloises bleu*. Wir tranken Rotwein. Wir fuhren in den Sommerferien gemeinsam in die Provence. Selbstmord war eine poetische Möglichkeit für uns. Sie gab uns innere Freiheit und Stärke.

Die Schönen Beine tröstete der Gedanke an den Tod nicht. Wenn sie an Selbstmord dachten, fühlten sie sich weder frei noch stark. Es wäre einfach nur ein Beenden ihrer Qualen gewesen …

Ihr Mann ist genau wie sie *Ein Weißer Kittel*. Sie lernten sich während ihres Studiums kennen. Das macht vieles einfacher. Finde ich. Sie können sich fachlich über Diagnosen, Behandlungsformen und Nebenwirkungen austauschen. *Die Schönen Beine* sagen: »Es macht es auch schwieriger, Akofa. Wir wissen beide ganz genau, was alles noch kommt. Patienten wie mich begleitete ich jahrelang in den Tod. Rate mal, was sie alle am Ende ihres Lebens am meisten bedauerten?« Ich zucke mit den Schultern. »Dass sie mit den Menschen, die sie am meisten liebten, nicht mehr Zeit verbrachten und es ihnen nicht häufig genug zeigten und sagten?«, rate ich. *Die Schönen Beine* schütteln den Kopf. »Nein, Akofa, dass sie so viel Zeit mit Negativem verschwendeten!«, sagen sie. Ich wage mich weiter vor: »Hast du Angst vor dem Tod?« – »Nein, hatte ich nie im Leben. Aber das ist eher die Ausnahme. Die meisten Menschen, die keine Angst vorm Tod haben, befinden sich am Ende eines langen und erfüllten Lebens, Akofa. Wenn der Tod sie vor ihrer Zeit holt, sieht es anders aus. Ich habe keine Angst um *mich*. Ich habe Angst davor, die Menschen, die mich brauchen, nicht mehr lieben zu können. Nicht mehr für sie da sein zu können. Wenn ich daran denke, dass die, die ich am meisten liebe, mich in ihrer Not rufen wollen und ich nicht für sie da sein kann, tut es unglaublich weh, Akofa ...« Tränen laufen ihr stumm über die Wangen. Ich nehme ihre Hände in meine. Sie sind kalt und knochig. »Hast du das für deine Söhne festgehalten? Ihnen einen Brief geschrieben?«, frage ich vorsichtig. Meine Freundin schüttelt den Kopf. »Das raten mir alle. Aber ich kann das nicht, Akofa. Ich weiß nicht, was ich ihnen schreiben soll. Nein, wir reden auch nicht darüber. Ich habe eine Bucket List angefertigt mit allen Dingen, die ich mit ihnen während ihrer Kindheit erleben wollte. Die arbeite ich, so gut es geht, ab ...« – »Was steht da drauf?«, frage ich. »In den Serengeti-Park fahren, eine Runde Kettenkarussell drehen, eine Nacht im Zelt schlafen ... Mein Mann und ich erlauben es uns aber inzwischen, einfach nebeneinander auf dem Sofa zu sitzen und fernzusehen. Es ist seltsam, Akofa, als ich noch im Krankenhaus arbeitete, wunderte ich mich immer, dass die Sterbenden ihre kostbare und nur noch kurz verbleibende Zeit mit solchen Banalitäten verplempern. Ich dachte immer, wenn ich jemals in ihrer Situation wäre, würde ich meine Zeit nur mit sinnvollen, tiefgründigen Sachen füllen. Aber wenn der Tod an deine Tür klopft, erscheint plötzlich nichts mehr sinnvoll und tiefgründig. Es zählt nur noch dieser eine Moment, Akofa, den du jetzt gerade verbringst, am besten zusammen mit denen, die du liebst. Aber komisch, dass man erst sterben muss, um leben zu können, oder?«

Anfangs klebt unsere Freundin sich ihre Morphium-Pflaster selbst auf. Die geben über drei Tage den Wirkstoff ab. Später spritzt ihr Mann *Den Schönen Beinen* das Morphium unter die Haut. Er pflegt sie in einem Mammutakt zu Hause. Sie muss nichts missen, was es im Krankenhaus gegeben hätte. Ihr Mann verabreicht ihr alle Medikamente. Er begleitet sie zu jeder Chemotherapie. Er verhindert stationäre Klinikaufenthalte. Sie stirbt nicht im Hospiz. Er begleitet sie in den Tod. Seine Frau schläft zum Schluss fast nur noch. Nahezu auf den Tag genau ein Jahr nach der Diagnose wird ihr Atem tiefer, die Atemzüge werden geringer, schließlich kommt es zu Atempausen. Er ruft ihre Söhne und ihre Mutter. Dann ist es endgültig vorbei. Er schließt die Augen seiner Frau. Die Einschulung ihrer Jungs erleben *Die Schönen Beine* nicht mehr.

Ich gehe davon aus, dass ihr Mann *Die Schönen Beine* für Forschungszwecke freigibt. Dass dies im Sinne beider im Kampf gegen die neue Form des Eierstockkrebses gewesen ist. Als ich den Mann *Der Schönen Beine* danach frage, lässt er Kopf und Schultern hängen. Kaum merklich schüttelt er den Kopf. Dieser zwei Meter große Mann mit den breiten Schultern, der so unglaublich stark für seine Liebe war, sieht auf einmal klein und zerbrechlich aus. Leise sagt er: »Wozu, Akofa? Meine Frau ließ alle erdenklichen Untersuchungen über sich ergehen. Wir erhielten dennoch keinen einzigen Anhaltspunkt. Ich sezierte selbst als *Weißer Kittel*. Ich empfand das als notwendig. Und unmenschlich.« Ich frage ihn: »Glaubst du an Gott?« Er antwortet: »Ja, Akofa! Aber ich glaube nicht, dass er uns prüft. Und er half mir auch nicht. Obwohl ich betete. Irgendwann ließ ich es sein ...«

**** Verloren

Verloren, sehe ich mein winziges Baby dort in einer sterilen Plastikwanne liegen, mit Löchern in der Aussenwand, aus denen hygienische Latex-Handschuhe baumeln, falls ich sein Körperchen anfassen möchte; verloren, ohne den tröstenden,

VERTRAUTEN, BERUHIGENDEN HERZSCHLAG
SEINER MUTTER;
VERLOREN, OHNE DIE GEBORGENHEIT
SPENDENDE WÄRME;
VERLOREN, OHNE EINEN NICHT ENDEN
WOLLENDEN NAHRUNGSSTROM;
VERLOREN, OHNE DEN HALTGEBENDEN SANFTEN
DRUCK;
VERLOREN, DAS MAMA-PARADIES.

VERLOREN, DER BRUDER, DER MIT SEINEN
KLEINEN FÜSSCHEN TRITTE IN DEN PO
VERPASST, SEIN VIEL SCHWÄCHERER UND
SCHNELLERER HERZSCHLAG ALS DER SEINER
MUTTER;
VERLOREN, DAS EINSSEIN, UNZERTRENNBARSEIN
UND GANZSEIN MIT IHM;
VERLOREN, UNENDLICHE SICHERHEIT UND
GEBORGENHEIT, FÜR IMMER.

VERLOREN, AN SCHLÄUCHEN, ELEKTRODEN UND
KABELN, BEWEGUNGSUNFÄHIG;
VERLOREN, UNTER EINER ATEMMASKE, AUF NASE
UND MUND GEPRESST, MIT EINEM STRAMMEN
GUMMIBAND UM DAS KÖPFCHEN BEFESTIGT;
VERLOREN, IM GRELLEN, GLEISSENDEN,
BLENDENDEN LICHT DER NEONRÖHREN, DIE
AUGEN ZUSAMMENGEKNIFFEN;
VERLOREN, IM STÄNDIGEN PIEPEN

LEBENSRETTENDER MASCHINEN, BEGLEITET VON
HERBEIEILENDEN HASTIGEN SCHRITTEN;
VERLOREN, VOM FOLGENDEN,
MARKERSCHÜTTERNDEN BRÜLLEN, BIS DIE
STIMME VERSAGT, ODER WIMMERN UND DEM
DUMPFEN AUFSCHLAG EINES ERSCHLAFFENDEN
KÖRPERS ODER VERZWEIFELTEM
HEMMUNGSLOSEN SCHLUCHZEN, BIS ES BRICHT,
ERSTICKT, ERSTIRBT, ERLISCHT;
VERLOREN, IM KALTEN MEDIZINISCHEN,
LEBENSRETTENDEN FORTSCHRITT.

VERLOREN, SIEHT SIE VOR IHREM INNEREN
AUGE IHRE ALTEN PATIENTEN IN GEFÄNGNISSEN
AUS GITTERBETTEN LIEGEN, VERSCHRUMPELT
UND VERWELKT WIE EIN BLATT;
VERLOREN, MIT KNISTERNDEN PORÖSEN
KNOCHEN, SCHWERHÖRIG, MIT TRÜBEM
BLICK, GEFANGEN IN EINER BLASE OHNE
GERÜCHE, GESCHMÄCKER, BILDER, GEFÜHLE
ODER GERÄUSCHE, UNFÄHIG, DIE UMGEBUNG
WAHRZUNEHMEN, AUFZUNEHMEN, SICH MIT IHR
AUSZUTAUSCHEN;
VERLOREN, DIE LUNGEN SCHWERFÄLLIG UND
RÖCHELND FÜLLEND, SINNLOSIGKEIT MIT JEDEM
ATEMZUG AUFNEHMEND;
VERLOREN, IN URIN UND KOT LIEGEND, SICH
WINDEND, DAHINSIECHEND;

VERLOREN IN LEBENSVERLÄNGERNDER
MEDIZIN.

VERLOREN, OHNE DIE TRÖSTENDE MÜTTERLICHE
BRUST;
verloren, ohne den zärtlichen Blick ihrer
Kinder auf ihnen ruhend;
verloren, ohne die Arme ihrer Enkel,
sie umschlingend, haltend, wiegend,
schaukelnd, Sicherheit, Geborgenheit
gebend und Trost spendend;
verloren, ohne den Klang der vertrauten
Stimme ihrer grossen Liebe, beruhigend,
liebkosend;
verloren, ohne Mutter, Partner, Kinder,
Enkel und Urenkel.

Verloren, in Gefängnissen der Seele,
in Panikattacken und Angstschweiss
gebadet;
verloren, ihres Schmuckes beraubt, ihrer
Würde, ihrer Hoffnungen und Träume,
ihres Glaubens, den Teufel in jeder
schwarzen Nacht und jeder dunklen Ecke
lauernd wähnend, den Sensenmann auch,
sich bestraft fühlend, die Qualen ahnend,
die Hitze des Fegefeuers erwartend,
gepeinigt, gedemütigt, erschöpft,
aufgebend;

VERLOREN, JEDE MENSCHLICHKEIT IN DEN
VERWAHRANSTALTEN UNSERER MÜTTER UND
VÄTER, UNSERER OMAS UND OPAS, UNSERER
GROSSTANTEN UND GROSSONKEL.

VERLOREN WIE AM ANFANG, SO AM ENDE.

Mamaherz

Nach unseren beiden leiblichen Söhnen fühlen
wir uns so sattelfest als Eltern und gestanden
im Leben, dass wir uns doch noch ans Adoptieren wagen. Als unsere beiden Jungs ein und
zwei Jahre alt sind, nehmen wir die fünfjährige
Kabagire aus Mosambik in unsere Familie auf.

Ein Jahr später adoptieren wir die neunjährige Agnes aus Ruanda. Die Mädchen sehen aus wie ich. Die Jungs haben Frejas helle Haut, ihre rotblonden Haare und ihre grünen Augen. Wenn das Thema darauf zu sprechen kommt, lacht Freja auf ihre zauberhafte Weise und sagt: »Das ist nur fair, dass die beiden aussehen wie du! Es ist schwierig genug für dich in Schweden!«

Meine Liebste ist bei unserem vierten Kind inzwischen Richterin. Sie hat hart und lange für ihre Karriere gekämpft. Vier Kinder reichen ihr daher, obwohl *ich* jahrelang mit unserer Bande in Elternzeit bin. Ich kann sie sehr gut verstehen. Kinder brauchen vor allen Dingen Liebe und die müssen sie sich mit jedem Geschwisterchen teilen. Wenn sie klein sind, tröstet es sie nicht, dass sie nie im Leben alleine sein werden, sie die Liebe zu ihren Geschwistern tragen wird, ganz besonders dann, wenn Freja und ich eines Tages nicht mehr leben ...

Ich steige aus der Pressearbeit aus ...

Meine Elternzeit nutze ich, um mich endlich doch ans kreative Schreiben zu wagen. Ich lese viel. Ich konzentriere mich auf Autobiografien der Literaturnobelpreisträger. Ich will lernen. Einer schrieb in seiner Rede, die er hielt, als er den Literaturnobelpreis verliehen bekam, er habe sich jahrelang mit »miesen Schreiberling-Jobs« über

Wasser gehalten. Aber er kannte sein Thema, es war »das koloniale Erbe«. Mein Thema wäre das eines adoptierten, hochsensiblen Kindes, das zu einer homosexuellen Jugendlichen voller Selbstzweifel, Ängsten und Irrwegen heranwächst. Es scheint mir ungeeignet. Wer will so etwas lesen? Und wie hielte ich es aus, wenn mich *jeder* darauf anspräche?

Nein, das geht nicht, selbst, falls es das Thema meines Lebens bliebe. Ich konzentriere mich auf den anderen Aspekt in der Rede, darauf, wie er seine Erzählstimme fand. Eigentlich schreibt er nicht, *wie* er sie fand, sondern nur, dass er Jahre wartete, *bis* er sie fand. Dass er über sein Thema nicht schreiben konnte, ohne seine Erzählstimme gefunden zu haben. Ich frage mich immer wieder, was er damit meint. Während des Studiums und meiner Praktika lernte ich nicht, wie man sie findet. Der Nobelpreisträger hatte bereits schwere Depressionen, als er sie endlich fand. Er hätte wohl nicht mehr lange so vor sich hinleben können. Und gerade in seiner größten Not begegnete sie ihm doch noch. Und zack: war er Nobelpreisträger! Okay, genauer: *40 Jahre* später. Er schrieb: Nachdem er ihr einmal begegnet war, schien der Rest ganz leicht. Er konnte fortan *hören*, wann sie da war, und ließ es fließen. Er brauchte nur noch auf sie zu warten.

Ich weiß leider nichts damit anzufangen. Nein,

ich muss auch wirklich nicht den Literaturnobelpreis gewinnen! Aber ich habe genug in meinem Leben geschrieben, um ganz sicher behaupten zu können, dass mir meine Erzählstimme dabei nie begegnet ist. Und ich will sie treffen! Ich bin neugierig. Ich finde den Gedanken, ihr zu begegnen, unglaublich spannend! Nur wie? Meine Texte sind alle Konstrukte. Ich überlege mir Spannungsbögen. Ich suche Appetit machende einleitende Sätze, baue überraschende Wendungen ein und kreiere offene Enden. Ich verwende möglichst viele Verben, damit der Text lebendig ist. Ich streiche Füllwörter, damit sie das Geschriebene nicht unnötig aufblähen. Ich achte darauf, Sätze nicht zu verschachteln, obwohl ich das liebe. Aber für die Leserin oder den Leser ist das kompliziert und sie oder er steigt womöglich aus und das ist das Schlimmste, was mir als Autorin passieren kann; so lernte ich es in den Redaktionen. Verben wie *müssen*, *sollen* und *dürfen* umschiffe ich, da sie bei den Leserinnen und Lesern ein ungutes Gefühl erzeugen könnten und – richtig! – sie oder er vielleicht keine Lust hätte, weiterzulesen ... Ich versuche daher immer meine Leserinnen und Leser abzuholen und mich selbst nicht bloßzustellen. Kurz und gut: Ich beherrsche mein Handwerk. Es ist wie schon zu Schulzeiten: Ich verfüge über eine gute Schreibe. Nein, inzwischen habe ich mir sogar eine *richtig gute* Schreibe erarbeitet. Aber von meiner Erzählstimme habe ich auch nach so vielen Jahren keine Ahnung. Ich stehe wie beim Klettern vor einer nicht erklimmbaren Wand. Wie vor der *Eiger-Nordwand*.

**** EIGER-NORDWAND
SIE ZEIGT SICH RAU UND UNNAHBAR.
SIE GILT ALS UNBEZWINGBAR.
SIE SCHÜRT ANGST.
SIE ZIEHT IN IHREN BANN.
SIE BRACHTE ETLICHEN IHRER GLÜHENDSTEN
VEREHRER DEN TOD.
SIE GLEICHT EINER LAUNISCHEN GELIEBTEN.
AN IHREN GUTEN TAGEN LÄSST SIE SICH
IN KNAPP DREI STUNDEN VON IHREN
GESCHICKTESTEN LIEBHABERN EROBERN.

Ich steige einfach nicht dahinter.

Löwentränen

Papa und ich kommen gut miteinander aus. Wir reden nicht viel. Früher dachte ich immer, weil er fürchtet, mit mir über unsere Adoption sprechen zu müssen. Darüber, warum sie Amari und mich adoptierten. Amari ist mein leiblicher Bruder. Ich glaubte, dass Papa Angst hatte, dass wir fragen, was mit unseren leiblichen Eltern passierte. Ob wir noch Familie in Afrika hatten. Ob sie mit uns dort hinfliegen könnten, um unsere Wurzeln zu suchen. Ich fand ihn feige und war furchtbar wütend. Denn es ist so, dass Mama meine Mutter und Papa mein Vater ist. Und Amari geht es genauso. Ich fühle mich jeden Tag geliebt. Das ist alles, was für mich zählt. Da ist es völlig unerheblich, ob sie keine Kinder bekommen konnten oder meine biologischen Eltern uns aus wirtschaftlicher Not abgaben ...

Jetzt auf unseren Wandertouren, die mir Freja manchmal als Auszeit vom Vollzeit-Muttersein mit unseren vier Rackern gönnt, begreife ich, dass Papa mit seiner Mentalität perfekt nach Schweden passt. Er ist einfach kein Mann der großen Worte. Es ist wie in dem Witz mit den Finnen in der Sauna: Sagt der eine: »Und«? Sagt der andere: »Wollen wir schwitzen oder wollen wir reden?« Es bedarf keiner Worte zwischen uns. Es zählt das gemeinsame Erleben. Es ist einfach gut, wie es ist, das spüren wir beide.

Papa und ich wagen uns inzwischen auch im Winter an mehrtägige Wandertouren. Ich stelle mir vor, wie *Arved Fuchs* auf Skiern unterwegs zum Südpol zu sein. Wir gehen an unsere Grenzen. Wir haben Leuchtraketen dabei, um wilde Tiere verscheuchen zu können, etwa einen hungrigen Bären, der aus dem Winterschlaf erwacht. Doch das ist sehr unwahrscheinlich. Wir haben zwar schon welche gesehen, aber nie im Schnee. Es gibt Wölfe, ich erspähe sie jedoch nur aus der Ferne und höre sie heulen. Auch Luchse wohnen in Lappland. Nur war ich bisher schon glücklich, den Abdruck einer Pfote im Schnee von diesem scheuen Wesen zu sehen. Nein, am gefährlichsten sind Elche! Über alle anderen Tiere freuen sich Wanderer und so auch wir, falls wir sie jemals in freier Wildbahn erblicken.

Während eines Schneesturms sehen wir kaum das nächste Andreaskreuz. Manchmal laufen wir hangabwärts auf vereistem Schnee, mit dem Wanderrucksack würde einmal Ausrutschen und die Balance verlieren dazu führen, dass unser schweres Gepäck uns in die Tiefe reißt.

Uns ist klar: Falls einer von uns stürzt und sich verletzt, muss der andere ihn zurücklassen, um Hilfe zu holen. In so einem Fall würde ich Papa in eine Rettungsdecke aus Alufolie wickeln oder umgekehrt und anschließend würde er mich mit der Schaufel in den Schnee eingraben, damit ich nicht dem eiskalten Wind ausgesetzt bin. Schlimmstenfalls wartet der Hilfe Benötigende einen Tag, der andere würde bis zur nächsten Hütte zurücklaufen. An jeder, auch an den nicht bewirteten sowie den Schutzhütten ohne Übernachtungsmöglichkeit, gibt es Notfunken. Aber bis Hilfe kommt, kann es dauern, Helikopter fliegen nicht im Schneesturm ...

Plötzlich ist er da! Weiß, dick und wattig: Nebel! Ich sehe das nächste Andreaskreuz nicht mehr. Der Nebel scheint auch alle Geräusche zu schlucken, jedenfalls höre ich nichts mehr. Oder lauschen alle anderen genau wie ich und deshalb ist es so still? Ich drehe mich um und sehe meinen Vater schemenhaft hinter mir herlaufen. »Papa, kannst du das letzte Andreaskreuz sehen?«, rufe ich. »Ja, Akofa«, antwortet er. »Fahr langsam und behalte es im Blick, bis ich dir ein Zeichen gebe, dass ich das nächste gefunden habe, Papa. Sonst drehe um und fahre so lange hin und her«, sage ich. »Okay, Akofa«, erwidert er.

Ich laufe zügig weiter, doch nach einer Weile bin ich mir sicher, dass keines mehr kommt.

Ich drehe um und sehe nach kurzer Zeit meinen Vater tief vorgebeugt, wie er sich durch das dichte Schneegestöber kämpft. Die Flocken piksen mein Gesicht wie Nadelstiche. »Fahr noch mal zurück, Papa!«, weise ich ihn an. Er dreht wortlos um. Warten kann er nicht, wenn er sich nicht bewegt, bekommt er Erfrierungen. Ich versuche es noch mal und halte mich etwas weiter rechts als eben. Wieder Fehlanzeige. Langsam werde ich nervös. Wenn es weiter so schlecht läuft, verbraucht mein Vater zu viel Kraft. Ich probiere es mit einer Viertellinksdrehung. Geschafft! »Hier lang, Papa«, brülle ich in Richtung meines Vaters, sehen kann ich ihn nicht. Aber kurze Zeit später erkenne ich, dass er mir folgt. Ich suche schon das nächste Holzkreuz. Ich denke daran, was ich bei einer Wattführung im Urlaub gelernt habe: Bei Nebel läuft jeder im Kreis. Und zwar je nachdem, ob man Rechts- oder Linksfüßer ist. Weil das stärkere Bein jedem einen leichten Drall verpasst, läuft man links oder rechts im Kreis herum. Du hast keine Chance, zurück zum Ufer zu gelangen, wenn du probierst, geradeaus zu laufen.

Diesmal schaffe ich es beim zweiten Versuch. Bei meiner dritten Suche nach dem roten Kreuz schlage ich also von vornherein einen starken Linksdrall ein, da ich ein Rechtsfuß bin. Treffer! Ich laufe schnell zurück und umarme

meinen Vater. »Ich habe den Bogen raus, Papa,
wir haben's geschafft«, sage ich. »Daran zweifelte ich nie, Akofa!«, brummt er. Aber ich sehe
die Erleichterung in seinem Gesicht. Das vierte
Andreaskreuz taucht ganz plötzlich direkt vor
mir auf. Und das fünfte gleich mit. Dann ver-
schwindet er genauso plötzlich, wie er kam: der
Nebel.

Wir haben Zeit verloren, viel Zeit. Wir schaffen
es nicht bis zur nächsten Hütte. Der Schnee fällt
weiterhin dicht. Der Wind, der zwar den Nebel
lichtet, kommt nun von vorn, so dass wir nur
mühsam vorwärts gelangen. Keiner ist vor uns
gelaufen, wir müssen selbst spuren im tiefen,
frischen Schnee. Das kostet Kraft. Die Dämme-
rung setzt ein …

Inzwischen laufe ich vorn und gebe auf meinen
alten Herrn acht. Es ist ein komisches Gefühl.
Ich bewunderte meinen Vater immer für seine
Stärke. Stets fühlte ich mich vollkommen sicher
mit ihm. Er bot mir Schutz und Geborgenheit.
Selbst in den brenzligsten Situationen zweifelte
ich nie daran, dass wir es gemeinsam schaffen
würden. Er war mein Held. Mein großes Vorbild.
Jetzt sorge ich mich um ihn. Er ist weit zurück-
gefallen. Ich könnte mich zusammenreißen.
Falls es gut läuft, könnte ich es schaffen. Notfalls würde ich mich eingraben. Aber er schafft
es nicht … Ihm kann ich keine Nacht mehr, ein-

gegraben im Schnee, zumuten. Diese Erkenntnis schmerzt.

Am nächsten Unterstand warte ich auf ihn. Ich sage ihm, dass wir eine Notunterkunft aufschlagen müssen. Wir bekommen kein Feuer in Gang. Das wenige vorhandene Holz ist feucht. Birkenrinde, die auch in diesem Zustand entzündbar wäre, gibt's keine. Es sind Minus 20 Grad. Wir ziehen alles an, was wir haben und schlüpfen in unsere Daunenschlafsäcke, die wir für die Hütten brauchen. Den Rest warmen Tees teilen wir in zehn Schlucke auf. Jede Stunde gibt es einen. Wir sitzen Rücken an Rücken, um uns zu wärmen. Papa erzählt alte Geschichten aus meiner Kindheit. Jede Tour ruft er sich ins Gedächtnis. Nur über den Krieg spricht mein Vater nicht. Nie!

Als Teenager hasste ich ihn dafür. Wir nahmen den Stoff in Geschichte durch. Ich fand das Thema super spannend. Zu gerne hätte ich gewusst, wie mein Vater seine Flucht als Kind erlebte, auch wenn er damals erst vier Jahre alt war. Seine Meinung zum Krieg interessierte mich brennend. Aber er behauptete immer, er könne sich an nichts erinnern ...

Jetzt sagt er plötzlich, nachdem wir schon einige Stunden so dasitzen: »Als wir damals mitten im Winter aus Schlesien flohen, packte meine Mutter zwei große Koffer, die sie gerade noch so tragen konnte. Mein Vater war an der Front, Mutter ging allein mit uns drei Kindern zum Bahnhof und kaufte Karten für einen Zug. Dieser fuhr erst nachts. Wir warteten den ganzen Tag auf dem Bahnsteig und ich glaubte, jeden Moment zu erfrieren. Meine Hände und Füße spürte ich schon lange nicht mehr. Meine große Schwester war stumm und mein kleiner Bruder brüllte. Unsere Mutter trug ihn auf dem Bahnsteig auf und ab. Die umstehenden Wartenden guckten erst böse, dann fluchten sie, Mutter solle dafür sorgen, dass er aufhöre, sonst würden sie sich selbst darum kümmern. Mutter sagte zu meinem kleinen Bruder: ‚Hör auf, du störst die Leute.‘ Doch er konnte nicht aufhören. Da verpasste sie ihm eine Ohrfeige, dass es nur so knallte.

Ich rannte zu Mutter und schlang meine Arme um sie. Ich bettelte: ‚Bitte, hör auf! Er weint doch nur, weil ihm so kalt ist.‘ Da verpasste sie auch mir eine Maulschelle, so heftig, dass ich rückwärts stolperte und fiel. Die umstehenden Leute nickten zustimmend und zufrieden. Aber ruhig war mein Bruder trotzdem nicht. Meine Schwester kam angerannt, Tränen liefen ihr über die Wangen, als sie unserer Mutter stumm das brüllende Kleinkind abnahm. Mich fasste sie an der Hand. Dann ging sie mit uns ans andere Ende des Bahnsteigs. Mein kleiner Bruder ver-

117

grub sein Gesichtchen sofort in ihrer Halsbeuge und schlief ein. Meine Schwester stand stumm stundenlang mit dem Bruder auf dem Arm und mir an der Hand auf dem Bahnsteig, bis der Zug einfuhr. Meine Schwester war damals sieben Jahre alt.

Mutter kam mit den Koffern angerannt, befahl uns, dass wir uns an ihrem Rockzipfel festhalten und unter gar keinen Umständen loslassen sollten. Sie ergatterte einen Fensterplatz in einem Sechserabteil. Damit waren wir zu viert gut bedient. Die meisten Menschen standen dicht gedrängt auf den Gängen. Mutter legte meinen schlafenden Bruder ins Gepäcknetz. Die Koffer stellte sie vor den Sitz, ihre Füße zog sie an und stellte sie auf die Kante. Meine Schwester und ich hockten uns auf das Gepäck. Kaum fuhr der Zug, schlief Mutter ein. Ich fühlte mich immer noch, als sei ich zu einem Eiszapfen gefroren. Aber unter den Sitzen strömte warme Luft aus der Heizung. Ich krabbelte seitlich an den Koffern vorbei unter den Sitz meiner Mutter, kauerte mich zusammen und schlief ein.

Ich erwachte von einem großen Tumult. Der Zug stand. Das Licht war erloschen. Wenige Männer sprachen aufgeregt, zahlreiche Frauen schrien, unendlich viele Kinder weinten. Ich hörte einen Mann sagen: ‚Bombenangriff! Da bleiben die Züge ohne Licht die ganze Nacht auf offener Strecke stehen. Wir fahren bestimmt erst morgens weiter.' Ich schlief wieder ein. Als ich das nächste Mal erwachte, stand der Zug wieder. Aber von draußen fiel Tageslicht herein. Das Abteil war leer. Ich erschrak. Schreiend rannte ich durch die Gänge. Endlich begegnete ich einem Schaffner. Ich umklammerte seine Beine vor Erleichterung. ,Na du Rotzlümmel, hast du dich versteckt und deine Mutter in Angst und Schrecken versetzt?', fragte er, während er mich am Ohr in die Luft zog. Ich fing an zu weinen. ,Raus mit dir, aber schnell! Ich hoffe, sie verpasst dir eine ordentliche Tracht Prügel!', brüllte er, während er mich die Zugsteige runterschubste. Ich landete auf den Knien und schlug sie mir blutig. Schreiend rannte ich den Bahnsteig auf und ab. Endlich sah ich meine Mutter. Ich rannte auf sie zu, umschlang sie fest und drückte mein Gesicht in ihren weichen Bauch. Sie verdrosch mich wie nie zuvor in meinem Leben. Blut tropfte aus meinem Mund, meiner Nase und den Ohren.«

Mein Vater legt eine Atempause ein. Für mich ist es gefühlt die erste, seit er angefangen hat, zu erzählen. Er trinkt einen Schluck Tee aus der Thermoskanne, dann spricht er weiter: »Das ist der Grund, weshalb ich niemals die Hand gegen euch erhob, Akofa. Eine Waffe rührte ich auch kein einziges Mal an. Nicht mal auf dem Jahrmarkt oder zum Spaß eine Spielzeugwaffe beim

Fasching. Und deshalb verboten Mama und ich es Dir und Amari ebenfalls.«

Mein Vater verstummt, dann erhebt er sich mühsam, macht ein paar Hampelmänner und fährt mit einem lauten Seufzer fort: »Deine und Amaris Mutter nahm sich das Leben. Sie war erst 19 Jahre alt. Euer Vater hatte sie noch während der Schwangerschaft mit Amari verlassen und ihre Familie verstieß sie. Sie hatte keine Möglichkeit, euch zu ernähren. Nach ihrem Tod war euer Vater nicht ausfindig zu machen.«

Ich spüre, wie schwer es Papa fällt, mir das alles zu berichten und bin gerührt. Er knetet seine Hände, als er fortfährt zu erzählen: »Auch wenn Mamas Familie aus Schweden stammt und sie nicht so wie ich geflüchtet war, kannten wir so viele Kinder, die während des Krieges beide Elternteile verloren hatten. Wir waren uns daher immer einig, dass wir eines Tages Kinder aus dem Waisenhaus aufnehmen. Wir standen jahrelang auf der Warteliste verschiedener Organisationen und hatten bereits etliche Seminare und Tests hinter uns. Nachdem eure leibliche Mutter gestorben war, kamen Amari und du zusammen in Accra in ein Waisenheim. Die Schwester eurer Mutter besuchte euch dort regelmäßig, nahm euch an den Wochenenden manchmal mit zum Gottesdienst und sorgte dafür, dass ihr nur zusammen adoptiert werdet.

Eure afrikanische Tante war zehn Jahre älter als eure Mutter. Sie hatte schon acht Kinder und konnte euch nicht für immer nehmen. Mama und ich waren bereit zwei Kinder auf einmal aufzunehmen. Es spielte keine Rolle für uns, dass ihr keine Babys mehr wart. Als sie uns euch vorschlugen, sagten wir sofort zu. Wir flogen nach Ghana. Als wir euch zum ersten Mal im Waisenheim in Accra besuchten, standst du, Akofa, in deinem Gitterbettchen und lachtest uns an. Mama verliebte sich sofort in dich.«

Mein Vater gibt den Laut eines gequälten Tieres von sich, bevor er weiterspricht: »Die Kinder dort waren versorgt, aber sie bekamen nur Wasser und Yam-Brei. Sie waren in großen Schlafsälen mit zahllosen anderen Kindern in ihren Gitterbetten untergebracht. Es kümmerte sich niemand um sie. Ihre Kleidung war schmutzig, die Haare verfilzt. Amari lag in einem Gitterbettchen, das neben deinem stand, Akofa, auf dem Rücken und spielte mit seinen Füßen. Es war nicht möglich, Blickkontakt zu ihm aufzunehmen. Die Anweisungen der Heimleitung besagten, dass nur Kinder, die Blickkontakt suchten, aus ihren Betten genommen werden dürfen.

Mama nahm dich auf den Arm, Akofa. Du lachtest. Du streicheltest Mamas Haut und zogst sie an den Haaren. Damit erfülltest du, die Bedingung, dass wir dich grundsätzlich adoptieren durften. Die Kinder müssen beim Kontakt zutraulich sein. Als Mama dich wieder in dein Bettchen setzte, weil die Besuchszeit um war, liefen ihr Tränen über die Wangen. Mama hörte den ganzen Tag nicht mehr auf zu weinen. Am nächsten Tag besuchten wir euch wieder. Du, Akofa, strecktest schon deine kleinen Ärmchen aus, als du uns sahst. Als Mama dich hochnahm, strahltest du übers ganze Gesichtchen. Amari spielte wieder mit seinen Füßen und schaute uns nicht an. Mama rief immer wieder seinen Namen. Eure Namen hatte euch eure leibliche Mutter gegeben. Mama hoffte, dass Amari damit irgendetwas verband. Aber er schaute kein Mal auf, kein einziges Mal ...

Auf dem Rückweg im Taxi bebte Mama vor Weinen. Sie schluchzte: ‚Aber wir dürfen Akofa nicht adoptieren, wenn Amari uns nicht sein Vertrauen schenkt. Und selbst, falls dies trotzdem möglich wäre, könnten wir diesen kleinen Jungen doch nicht einfach allein dort lassen! Seine Schwester ist das Einzige, was er noch hat ...‘ Mama weinte und weinte und weinte. Ich fühlte mich völlig hilflos, streichelte ihren Rücken und bereute, dass wir uns darauf eingelassen hatten.

Am nächsten Tag fuhren wir wieder in das Waisenheim. Akofa, du sprangst auf Mamas Arm und wichst nicht mehr von ihrer Seite.

Mama hatte eine Idee: Sie nahm dich, Akofa, auf den Arm, beugte sich mit dir, soweit sie konnte, über sein Gitterbettchen und sagte nicht *seinen* Namen, sondern deinen, Akofa. Amari drehte seinen Kopf und schaute dich an. Das war ein Anfang. Die folgenden Tage konnte Mama es kaum abwarten, dass wir euch wieder besuchen durften. Mama nahm wieder dich auf den Arm, Akofa, und sagte deinen Namen. Amari lächelte dich an. Am darauffolgenden Tag streicheltest du Amari und er schaute Mama zum ersten Mal an. Einen Tag später fasste dich Amari an, und er lächelte Mama zu. Sie traute sich trotzdem nicht, ihn aus seinem Bettchen zu nehmen. Akofa, du löstest das Problem einen Tag später: Du strecktest ihm deine Ärmchen entgegen und lachtest ihn an. Amari streckte dir seine Ärmchen entgegen und lächelte Mama an. Wir hatten es geschafft, wir durften euch adoptieren.

Mama weinte den ganzen Rückflug, weil sie euch nicht sofort mitnehmen konnte. Wir mussten erst zu Hause eure Papiere beantragen, Pässe besorgen, Flüge buchen.

Euch nach Hause zu holen, war das größte Glück unseres Lebens.«

Mein Vater schweigt. Mir laufen Tränen über die Wangen. Es ist genauso gewesen, wie ich es immer gefühlt und mir vorgestellt habe.

Papa und ich halten uns gegenseitig die ganze

Nacht wach. Der Schlaf wäre unser sicherer Tod. Jede Stunde beugen wir die Knie. Springen wie Hampelmänner. Rennen um die Hütte. Nie waren wir uns näher. Mein Vater und ich. Nie werden wir es wieder sein.

Papa steigt aus ...

Die Sonne scheint. Es ist ein warmer Frühlingstag. Die Zwillinge *Der Schönen Beine* lassen bunte Luftballons steigen. Ihr Vater erntet Arme voll gelber Osterglocken und roter Tulpen. So wie er es gemeinsam mit seiner verstorbenen Frau tat, nachdem sie ihre Tochter verloren hatten. Sie stellten sie ans Grab ihres Babys. Sie verteilten die Blumen zusammen im ganzen Haus ...

Dinge passieren einfach. Egal, ob ich an das Schicksal glaube oder an Gott. Ich kann daran zerbrechen. Mir das Leben nehmen. Oder ich lebe weiter. Letzteres ist wahrscheinlich der mutigere Weg. Denn der Tod ist weder Bruder noch Geliebter. Aber wie viel wert ist ein Leben?

Die Neugier ist größer als der Frust: Ich schreibe ein paar Jahre, nur zum Spaß. Ich wälze in dieser Zeit Probleme. Trenne mich von zahlreichen Menschen, auch denen, die ich liebe, weil sie mir schaden. Ich streite mich mit mir selbst und ich liebe mich zum ersten Mal im Leben. Dann hasse ich mich wieder. Ich fliege. Ich verzweifle ... Obwohl Amari und ich farbige

Haut haben und unsere hellhäutigen Eltern offensichtlich nicht unsere leiblichen sein können, stellte ich sie nie in Frage. Erst jetzt kommt es mit aller Wucht in mein Bewusstsein, dass ich eine biologische Mutter hatte. Und was war mit meinem Vater? Hatte ich etwas von meinen Eltern geerbt? Was war mein kulturelles Erbe? Worin bestand meine Aufgabe? Wo gehörte ich hin? Was wäre aus mir geworden, hätten Mama und Papa mich nicht adoptiert? Was wäre aus Amari geworden, hätten wir nicht zusammenbleiben können? Trage ich eine Verantwortung meiner Familie in Afrika gegenüber? Und falls ja, worin besteht sie? Diese Fragen nehmen mich lange gefangen ...

Doch jetzt gibt es etwas Entschiedenes in mir. Ich schlage Wege in eine neue Richtung ein. Und ich laufe sie bis zum Ende. Egal, ob sie gut oder schlecht sind. Ich erhielt die größten Geschenke meines Lebens: Freja, unsere Kinder und ich habe das Zuhause, von dem ich mein ganzes Leben träumte. Ich schreibe weiter. Ich schreibe weiter ...

Eines Tages, ohne besonderen Anlass und ohne besonderes Getöse, höre ich eine Stimme erzählen, die mir unbekannt ist ... Sie scheint mir völlig fremd und neu. Nicht schüchtern, sondern dominant. Sie zwingt mich an meinen Arbeitsplatz und duldet keinen Aufschub. Sie bahnt sich ihren Weg, schwillt an und klingt mit einem Mal gewaltig. Ich lausche und schreibe. Ich denke nicht, ich folge ihr blind. Ich staune und weiß nicht, wohin sie mich führt. Ich lasse mich einfach treiben. Es ist, als ob ich an einem aufregenden Abenteuer teilnehme. Ich wachse, verliere das Gefühl für Raum und Zeit. Es ist wie im Traum oder ein Rausch. Ich komme kaum hinterher mit dem Schreiben. Habe es zu eilig für Satzzeichen und Flüchtigkeitsfehler. Ich folge nur dieser Stimme und bin dabei völlig gelöst. Ich schreibe und fühle mich frei. Ich lebe und schreibe. Ich liebe und schreibe. Irgendwann verstummt die Stimme. Ich fühle mich leer, enttäuscht, erschöpft, orientierungslos, müde. Ich falle ...

Doch dann begreife ich, dass das Abenteuer beendet ist. Die Geschichte ist erzählt. Ich fühle mich wie nach einer langen Wanderung. Ich bin voller Freude und tiefer Zufriedenheit. Ich lege mich zwischen meine schlafenden Kinder ins Bett und lausche ihrem regelmäßigen Atem. Binnen Sekunden falle ich in einen tiefen, traumlosen Schlaf. Am nächsten Morgen lese ich meine Geschichte. Es kommt mir so vor, als hätte sie jemand anderer geschrieben. Sie gefällt mir und es ist mir zum ersten Mal in meinem Leben völlig egal, was irgendwer darüber denkt. Dabei stellt diese Geschichte mich bloß und mein Innerstes dar. Sie zeigt mich mit meiner ganzen Verletzlichkeit. Sie entblößt mich so, wie ich bin. Doch es stört mich nicht.

Anfangs habe ich noch Angst, ob ich ihr jemals wiederbegegne und wann. Mittlerweile vertraue ich ihr und schreibe zwischenzeitlich Szenen. Diese sind wie die Puzzleteile meiner Kinder und passen nicht zusammen. Wenn ich versuche, sie ineinander zu zwängen, verbiegen sie oder brechen ab. Egal, wie oft ich sie hin und her schiebe: Sie ergeben kein Bild. Unabhängig davon, wie lange ich warte: Sie fügen sich nicht zu einem Ganzen zusammen. Ich habe scheinbar keinen Einfluss darauf ...

Dann plötzlich bahnt die Stimme sich wieder ihren Weg. Ich kann sie spüren wie einen frischen Frühlingswind. Ich rieche, dass etwas in der Luft liegt wie die blumige Note der Kletterrose. Ich freue mich und fast fühle ich mich frisch verliebt. Die Stimme wird mir ihre Geschichte erzählen und mich mit auf ein Abenteuer nehmen. Ich spüre eine prickelnde Vorfreude und bin gespannt. Es wird schön, vielleicht auch gewaltig, wenn es so weit ist. Jetzt, da ich ihr begegnet bin, frage ich mich oft, warum ich ihr nicht viel früher zugehört habe. Wie habe ich jahrelang so ignorant sein können? Wieso habe ich einen Teil von mir so sehr verleugnet? Ich hätte mir so viel Leid ersparen können! Ich hatte wohl zu viel Angst. Auch waren andere Themen drängender, wie die Gründung einer Familie. Jetzt könnte Freja keine Kinder mehr gebären. Ich hoffe, eines Tages meinen Frieden damit zu schließen ...

Ich lache. Ich weine. Ich bin gespannt. Ich wüte. Ich staune. Ich entdecke. Es wird nie langweilig mit der Stimme. Sie ist ein großes Geschenk. Ich verstehe jetzt, was gemeint ist. Nein, ich verstehe es immer noch nicht. Ich *fühle* es.

Ich bin dankbar, dass meine Neugier dazu geführt hat, dass ich nie aufgegeben habe. Als ich Freja die erste Geschichte zum Lesen gebe, sagt sie: »Das ist wunderschön! Du hast mich glücklich gemacht und zum Weinen gebracht. Du hast es geschafft!« Ich bin ergriffen und es ist ein Geschenk, Menschen berühren zu können!

Ich habe meine persönliche Eiger-Nordwand durchstiegen.

Dank

...an Kristoff: fürs Mut machen;

...an Christian Gruber: für die medizinischen Hinweise;

...an Julia Benitz: für die Unterstützung;

...an Fiete: für das Bild »Herzmama«;

... an Bjarne: für das Bild »Mamaherz«.

Die Ereignisse dieser Erzählung sind von meinen Afrika-Reisen inspiriert!

Sie sind dennoch frei erfunden, ebenso wie die handelnden Personen.

Die Autorin

Anke Kühne ist eine deutsche Schriftstellerin, Journalistin und Umweltwissenschaftlerin. Sie arbeitete für GEO-kompakt, die Kieler Nachrichten und das Umweltbundesamt bevor sie ihre Arbeit als freie Autorin aufnahm. Bereits veröffentlicht sind ihre Bücher Glaube, Liebe, Hoffnung sowie Ramin und Tilda. Sie arbeitet an Romanen, gibt Kurse zum kreativen Schreiben, ist verheiratet und hat drei Kinder.